私藏

最適合韓語初學者的
第一本韓語會話書！

韓語會話學習書

나만의 한국어 회화책

其組合方式有以下幾種：

1. 子音加母音，例如：저(我)
2. 子音加母音加子音，例如：밤（夜晚）
3. 子音加複合母音，例如：위（上）
4. 子音加複合母音加子音，例如：관（官）
5. 一個子音加母音加兩個子音，如：값（價錢）

1. 為了讓讀者更容易學習發音，本書特別使用「簡易拼音」來取代一般的羅馬拼音。
   規則如下，
   例如：
   그러면 우리 집에서 저녁을 먹자.
   geu.reo.myeon/u.ri/ji.be.seo/jeo.nyeo.geul/meok.jja
   ----------普遍拼音
   geu.ro*.myo*n/u.ri/ji.be.so*/jo*.nyo*.geul/mo*k.jja
   ------------簡易拼音
   那麼，我們在家裡吃晚餐吧！

   文字之間的空格以「/」做區隔。
   不同的句子之間以「//」做區隔。

	韓國拼音	簡易拼音	注音符號
ㅏ	a	a	ㄚ
ㅑ	ya	ya	一ㄚ
ㅓ	eo	o*	ㄛ
ㅕ	yeo	yo*	一ㄛ
ㅗ	o	o	ㄡ
ㅛ	yo	yo	一ㄡ
ㅜ	u	u	ㄨ
ㅠ	yu	yu	一ㄨ
ㅡ	eu	eu	(ㄜ)
ㅣ	i	i	一

特別提示：

1. 韓語母音「ㅡ」的發音和「ㄜ」發音有差異，但嘴型要拉開，牙齒快要咬住的狀態，才發得準。
2. 韓語母音「ㅓ」的嘴型比「ㅗ」還要大，整個嘴巴要張開成「大O」的形狀，
   「ㅗ」的嘴型則較小，整個嘴巴縮小到只有「小o」的嘴型，類似注音「ㄡ」。
3. 韓語母音「ㅕ」的嘴型比「ㅛ」還要大，整個嘴巴要張開成「大O」的形狀，
   類似注音「一ㄛ」，「ㅛ」的嘴型則較小，整個嘴巴縮小到只有「小o」的嘴型，類似注音「一ㄡ」。

基本子音：

	韓國拼音	簡易拼音	注音符號
ㄱ	g,k	k	ㄎ
ㄴ	n	n	ㄋ
ㄷ	d,t	d,t	ㄊ
ㄹ	r,l	l	ㄌ
ㅁ	m	m	ㄇ
ㅂ	b,p	p	ㄆ
ㅅ	s	s	ㄙ,(ㄒ)
ㅇ	ng	ng	不發音
ㅈ	j	j	ㄗ
ㅊ	ch	ch	ㄘ

特別提示：

1. 韓語子音「ㅅ」有時讀作「ㄙ」的音，有時則讀作「ㄒ」的音。「ㄒ」音是跟母音「ㅣ」搭在一塊時，才會出現。
2. 韓語子音「ㅇ」放在前面或上面不發音；放在下面則讀作「ng」的音，像是用鼻音發「嗯」的音。
3. 韓語子音「ㅈ」的發音和注音「ㄗ」類似，但是發音的時候更輕，氣更弱一些。

一

	韓國拼音	簡易拼音	注音符號
ㅋ	k	k	ㄎ
ㅌ	t	t	ㄊ
ㅍ	p	p	ㄆ
ㅎ	h	h	ㄏ

特別提示：

1. 韓語子音「ㅋ」比「ㄱ」的較重，有用到喉頭的音，音調類似國語的四聲。
   ㅋ＝ㄱ＋ㅎ
2. 韓語子音「ㅌ」比「ㄷ」的較重，有用到喉頭的音，音調類似國語的四聲。
   ㅌ＝ㄷ＋ㅎ
3. 韓語子音「ㅍ」比「ㅂ」的較重，有用到喉頭的音，音調類似國語的四聲。
   ㅍ＝ㅂ＋ㅎ

複合母音：

	韓國拼音	簡易拼音	注音符號
ㅐ	ae	e*	ㅔ
ㅒ	yae	ye*	ㄧㅔ
ㅔ	e	e	ㄟ
ㅖ	ye	ye	ㄧㄟ
ㅘ	wa	wa	ㄨㄚ
ㅙ	wae	we*	ㄨㅔ
ㅚ	oe	we	ㄨㄟ
ㅞ	we	we	ㄨㄟ
ㅝ	wo	wo	ㄨㄛ
ㅟ	wi	wi	ㄨㄧ
ㅢ	ui	ui	ㄜ

特別提示：

1. 韓語母音「ㅐ」比「ㅔ」的嘴型大，舌頭的位置比較下面，發音類似「ae」；「ㅔ」的嘴型較小，舌頭的位置在中間，發音類似「e」。不過一般韓國人讀這兩個發音都很像。

2. 韓語母音「ㅒ」比「ㅖ」的嘴型大，舌頭的位置比較下面，發音類似「yae」；「ㅖ」的嘴型較小，舌頭的位置在中間，發音類似「ye」。不過很多韓國人讀這兩個發音都很像。

3. 韓語母音「ㅚ」和「ㅞ」比「ㅙ」的嘴型小些，「ㅙ」的嘴型是圓的；「ㅚ」、「ㅞ」則是一樣的發音。不過很多韓國人讀這三個發音都很像，都是發類似「we」的音。

硬音：

	韓國拼音	簡易拼音	注音符號
ㄲ	kk	g	ㄍ
ㄸ	tt	d	ㄅ
ㅃ	pp	b	ㄅ
ㅆ	ss	ss	ㄙ
ㅉ	jj	jj	ㄗ

特別提示：

1. 韓語子音「ㅆ」比「ㅅ」用喉嚨發重音，音調類似國語的四聲。
2. 韓語子音「ㅉ」比「ㅈ」用喉嚨發重音，音調類似國語的四聲。

*表示嘴型比較大

必學收藏句-偶遇老朋友

오늘 날씨가 어때요?

今天天氣如何？

必學收藏句－春
必學收藏句－夏
必學收藏句－秋
必學收藏句－冬
必學收藏句－下雨
必背私藏單字－天氣
必背私藏單字－氣候＆氣象

個人特質篇

외모는 중요하지 않아요.

外貌不重要。

必學收藏句－體重
必學收藏句－髮型
必學收藏句－外型

어느 당을 지지하세요?

你支持哪個黨派？

必學收藏句－政治與信仰

聊天話題篇

這公車會到市區嗎？
必學收藏句－公車
必學收藏句－計程車
必學收藏句－地鐵
必學收藏句－開車

길을 좀 물어 봐도 될까요?
我可以問個路嗎？
必學收藏句－問路 1
必學收藏句－問路 2

제 생일 파티에 오실래요?
你要來我的生日派對嗎？
必學收藏句－拜訪朋友

오늘 기분 짱이야!
今天心情太棒了！
必學收藏句－心情好

私藏韓語
— 나만의 한국어 회화책 —
會話學習書

新手必學篇

Unit01 招呼語

안녕하세요 . 준영 씨 .
an.nyo*ng.ha.se.yo//ju.nyo*ng/ssi
俊英，你好。

情境會話

A : 안녕하세요 . 출근하십니까 ?
an.nyo*ng.ha.se.yo//chul.geun.ha.sim.ni.ga
你好，去上班嗎？

B : 네 , 세영 씨도 출근하죠 ?
ne//se.yo*ng/ssi.do/chul.geun.ha.jyo
是的，世英你也上班嗎？

A : 아니요 . 오늘은 쉽니다 .
a.ni.yo//o.neu.reun/swim.ni.da
不，我今天休假。

會話練習區
替換單字或短句後跟著MP3念看看吧！

中文： 俊英，你好。
韓語： **안녕하세요 .** 준영 씨 .
an.nyo*ng.ha.se.yo//ju.nyo*ng ssi

替換詞

선생님　老師
과장님　課長
선배님　前輩
아주머님　阿姨
민호 씨　敏鎬

中文： 教授，您好嗎？
韓語： 교수님 **, 안녕하십니까 ?**
gyo.su.nim//an.nyo*ng.ha.sim.ni.ga

替換詞

사장님　社長
할아버지　爺爺
여러분　各位 / 大家
고객님　顧客
민지 씨　旼志

會話練習區
替換單字或短句後跟著MP3念看看吧!

中文：泰熙啊，哈囉!
韓語：태희야, 안녕!
te*.hi.ya//an.nyo*ng

替換詞

민정아	敏靜啊
종석아	鍾碩啊
꼬마야	小朋友呀
친구야	朋友呀
자기야	親愛的

中文：哈囉!睡得好嗎?
韓語：안녕!잘 잤어?
an.nyo*ng//jal/jja.sso*

替換詞

어디 가?	去哪裡?
뭐해?	在做什麼?
아침 먹었어?	吃早餐了嗎?
감기는 좀 어때?	感冒怎麼樣了?
오늘 쉬는 날이야?	今天放假嗎?

必學收藏句 - 生活招呼語

잘 다녀오셨어요?
jal/da.nyo*.o.syo*.sso*.yo
您回來啦？

다녀왔어요.
da.nyo*.wa.sso*.yo
我回來了。

어디 가세요?
o*.di/ga.se.yo
你要去哪裡？

어제 밤샜어요?
o*.je/bam.se*.sso*.yo
你昨天熬夜了嗎？

요즘 어때요?
yo.jeum/o*.de*.yo
最近過得如何？

오늘은 뭐 할 거예요?
o.neu.reun/mwo/hal/go*.ye.yo
你今天要做什麼？

Unit02 道別

안녕히 가세요 .
an.nyo*ng.hi/ga.se.yo
再見！

情境會話

A : 벌써 시간이 이렇게 늦었네 . 그럼 이만 .
bo*l.sso*/si.ga.ni/i.ro*.ke/neu.jo*n.ne//geu.ro*m/i.man
已經這麼晚啦！那我先走了。

B : 약속 있어 ?
yak.ssok/i.sso*
你有約？

A : 응 , 좀 만나야 할 사람이 있어 .
eung//jom/man.na.ya/hal/ssa.ra.mi/i.sso*
恩，我有要見的人。

中文：以後見吧！
韓語：나중에 만나요 .

na.jung.e/man.na.yo

（替換詞）

다음에　下次
내일　明天
수업 시간에　上課時間
생일 파티에서　生日派對
다음 주에　下週

中文：不久我會再來。
韓語：조만간에 또 오겠습니다 .

jo.man.ga.ne/do/o.get.sseum.ni.da

（替換詞）

전화하겠습니다 .　不久我會打電話。
예약하겠습니다 .　不久我會預約。
가족들과 방문하겠습니다 .　不久我會和家人去拜訪。
또 만납시다 .　我們遲早再見面吧！
또 만나 뵙기를 바랍니다 .　希望不久後能再相見。

會話練習區
替換單字或短句後跟著MP3念看看吧！

中文：明天在辦公室見吧！
韓語：내일 사무실에서 보자.
ne*.il/sa.mu.si.re.so*/bo.ja

替換詞

학교　學校
공항　機場
지하철 역　地鐵站
집 앞　家前面
한식집　韓式料理店

中文：祝你有美好的旅程。
韓語：좋은 여행 되세요.
jo.eun/yo*.he*ng/dwe.se.yo

替換詞

주말　週末
하루　一天
휴일　假日
방학　假期
밤　晚上

必學收藏句 - 道別1

안녕히 계세요 .
an.nyo*ng.hi/gye.se.yo
再見。（對留在原地的人）

잘 가요 .
jal/ga.yo
拜拜。

잘 있어 .
jal/i.sso*
保重。

잘 지내세요 .
jal/jji.ne*.se.yo
您保重。

조심해서 가요 .
jo.sim.he*.so*/ga.yo
路上小心。

내일 또 올게요 .
ne*.il/do/ol.ge.yo
明天我會再來。

必學收藏句 - 道別2

우리 다시 만날 수 있죠 ?
u.ri/da.si/man.nal/ssu/it.jjyo
我們還會再見吧？

운전 조심하세요 .
un.jo*n/jo.sim.ha.se.yo
小心開車喔！

시간이 있으면 또 놀러 와요 .
si.ga.ni/i.sseu.myo*n/do/nol.lo*/wa.yo
有時間再來玩喔！

집에 가면 전화할게요 .
ji.be/ga.myo*n/jo*n.hwa.hal.ge.yo
我到家打電話給你。

그럼 내일 회사에서 봅시다 .
geu.ro*m/ne*.il/hwe.sa.e.so*/bop.ssi.da
那明天公司見吧！

이따 봐요 .
i.da/bwa.yo
待會見。

必學收藏句 - 道別3

꼭 다시 만나요 .
gok/da.si/man.na.yo
我們一定要再見面喔！

언제든지 연락 주세요 .
o*n.je.deun.ji/yo*l.lak/jju.se.yo
請隨時連絡我。

시간 나면 밥 한 번 먹어요 .
si.gan/na.myo*n/bap/han/bo*n/mo*.go*.yo
有時間，一起吃個飯。

먼저 가겠습니다 .
mo*n.jo*/ga.get.sseum.ni.da
我先走了。

다시 뵙겠습니다 .
da.si/bwep.get.sseum.ni.da
再見。

가끔 연락하고 지내자 .
ga.geum/yo*l.la.ka.go/ji.ne*.ja
我們偶爾連繫一下吧！

Unit03 問候

오랜만이군요 . 잘 지내세요 ?
o.re*n.ma.ni.gu.nyo//jal/jji.ne*.se.yo
好久不見，你過得好嗎？

情境會話

A : 오랜만이야 ! 잘 지내고 있어 ?
o.re*n.ma.ni.ya//jal/jji.ne*.go/i.sso*
好久不見，你過得好嗎？

B : 생활이 지루하지만 잘 있어 . 넌 ?
se*ng.hwa.ri/ji.ru.ha.ji.man/jal/i.sso*//no*n
雖然生活無趣了點，但過得很好。你呢？

A : 다 그렇지 뭐 .
da/geu.ro*.chi/mwo
我都那樣囉！

會話練習區
替換單字或短句後跟著MP3念看看吧！

中文：最近怎麼樣？
韓語：요즘 어떠십니까？

yo.jeum/o*.do*.sim.ni.ga

替換詞

기분은　心情
회사는　公司
학교는　學校
몸 상태는　身體狀況
당신은　你

中文：託你的福，我過得很好。
韓語：덕분에 잘 지내요．

do*k.bu.ne/jal/jji.ne*.yo

替換詞

매우 잘 지내요．我過得非常好。
아주 잘 지내요．　我過得很好。
변함없이 잘 지내요．還是一樣，過得很好。
그럭저럭 잘 지내요．　勉勉強強過得還 OK 囉！
건강하게 잘 지내요．　過得很好很健康。

中文：父母親也過得好嗎？
韓語：부모님도 잘 지내십니까？

bu.mo.nim.do/jal/jji.ne*.sim.ni.ga

替換詞

혜경 씨　惠京小姐
형님　兄長
여러분　各位
아버님　父親
목사님　牧師

中文：請代我向家人問好。
韓語：가족들에게 안부 좀 전해 주세요.

ga.jok.deu.re.ge/an.bu/jom/jo*n.he*/ju.se.yo

替換詞

그 친구에게　那位朋友
지영 씨에게　智英
모두에게　大家
부모님께　父母親
사모님께　夫人

必學收藏句 - 問候1

요즘 어떻게 지내고 있어요?
yo.jeum/o*.do*.ke/ji.ne*.go/i.sso*.yo
你最近過得如何？

잘 지내셨어요?
jal/jji.ne*.syo*.sso*.yo
您過得好嗎？

민정 씨도 별일 없어요?
min.jo*ng/ssi.do/byo*.ril/o*p.sso*.yo
敏靜你也一切安好吧？

저는 잘 지내요.
jo*.neun/jal/jji.ne*.yo
我過得很好。

새 직장 어때요?
se*/jik.jjang/o*.de*.yo
新工作怎麼樣？

뭔가 달라진 거 없어요?
mwon.ga/dal.la.jin/go*/o*p.sso*.yo
沒有什麼改變嗎？

必學收藏句 - 問候2

너 살 쪘어 ?
no*/sal/jjo*.sso
你變胖了？

많이 예뻐졌네 .
ma.ni/ye.bo*.jo*n.ne
你變得很漂亮呢！

덕분에 잘 지내고 있어요 .
do*k.bu.ne/jal/jji.ne*.go/i.sso*.yo
託你的福，我過得很好。

이렇게 다시 보게 돼서 기뻐요 .
i.ro*.ke/da.si/bo.ge/dwe*.so*/gi.bo*.yo
很高興像這樣再見到你。

변하지 않았네요 .
byo*n.ha.ji/a.nan.ne.yo
你沒變呢！

저 기억하세요 ?
jo*/gi.o*.ka.se.yo
還記得我嗎？

必學收藏句 - 詢問他人近況

영미는 결혼했어요 ?
yo*ng.mi.neun/gyo*l.hon.he*.sso*.yo
英美結婚了嗎 ?

준영 오빠는 요즘 뭐하고 지내요 ?
ju.nyo*ng/o.ba.neun/yo.jeum/mwo.ha.go/ji.ne*.yo
俊英哥最近在做什麼 ?

종국 씨 소식 들었어요 ?
jong.guk/ssi/so.sik/deu.ro*.sso*.yo
鐘國的消息你有聽說嗎 ?

부모님께서는 건강하시죠 ?
bu.mo.nim.ge.so*.neun/go*n.gang.ha.si.jyo
父母仍安好吧 ?

예 , 여전히 건강하십니다 .
ye//yo*.jo*n.hi/go*n.gang.ha.sim.ni.da
是的，仍然安好。

그 친구가 잘 살고 있는지 궁금해요 .
geu/chin.gu.ga/jal/ssal.go/in.neun.ji/gung.geum.he*.
yo
我想知道那位朋友是否過得好。

Unit04 介紹

저는 진숙미라고 합니다.
jo*.neun/jin.sung.mi.ra.go/ham.ni.da
我名叫陳淑美。

情境會話

A : 하진 씨, 이쪽은 제 동료인 김민영입니다.
ha.jin/ssi//i.jjo.geun/je/dong.nyo.in/gim.mi.nyo*ng.
im.ni.da
河鎮,這位是我同事金敏英。

B : 안녕하세요. 저는 여기 담당자 최하진입니다.
an.nyo*ng.ha.se.yo//jo*.neun/yo*.gi/dam.dang.ja/
chwe.ha.ji.nim.ni.da
你好,我是這裡的負責人崔河鎮。

C : 아, 말씀 많이 들었습니다. 반갑습니다.
a//mal.sseum/ma.ni/deu.ro*t.sseum.ni.da//ban.gap.
sseum.ni.da
啊～久聞大名,很高興見到你。

會話練習區
替換單字或短句後跟著MP3念看看吧！

中文：旼志，這位是朴老師。
韓語：민지 씨 , 이분이 박 선생님이에요 .

min.ji/ssi//i.bu.ni/bak/so*n.se*ng.ni.mi.e.yo

替換詞

이 팀장님	李隊長
강 부장님	姜部長
한 여사님	韓女士
장 비서님	張祕書
서 감독님	徐導演

中文：這位是我父親。
韓語：제 아버님이십니다 .

je/a.bo*.ni.mi.sim.ni.da

替換詞

어머님	母親
형님	兄長
누님	姊姊
스승님	老師
선배님	前輩

中文：我是上班族。
韓語：저는 회사원입니다.
jo*.neun/hwe.sa.wo.nim.ni.da

替換詞

교사　教師
월급쟁이　月薪族
아르바이트생　工讀生
사업가　生意人
실업자　失業者

中文：我在建築公司上班。
韓語：건축 회사에 다닙니다.
go*n.chuk/hwe.sa.e/da.nim.ni.da

替換詞

화장품　化妝品
무역　貿易
보험　保險
자동차　汽車
패션 디자인　時裝設計

會話練習區
替換單字或短句後跟著MP3念看看吧！

中文：我是台灣人。
韓語：저는 대만 사람입니다.
jo*.neun/de*.man/sa.ra.mim.ni.da

替換詞

한국	韓國
일본	日本
미국	美國
중국	中國
호주	澳洲

中文：我不是學生。
韓語：저는 학생이 아니에요.
jo*.neun/hak.sse*ng.i/a.ni.e.yo

替換詞

선생님	老師
사장님	社長
손님	客人
경찰관	警察
직원	職員

會話練習區
替換單字或短句後跟著MP3念看看吧！

中文：我在餐館打工。
韓語：식당에서 아르바이트를 하고 있어요.
sik.dang.e.so*/a.reu.ba.i.teu.reul/ha.go/i.sso*.yo

替換詞
커피숍　咖啡廳
주유소　加油站
레스토랑　西餐廳
영화관　電影院
신발 가게　鞋店

中文：你叫什麼名字？
韓語：이름이 무엇입니까？
i.reu.mi/mu.o*.sim.ni.ga

替換詞

이름이 뭐야？
你叫什麼名字？
이름이 뭐예요？
你叫什麼名字？
성함이 어떻게 되세요？
您尊姓大名？

必學收藏句 - 自我介紹

저는 차근혜입니다 .
jo*.neun/cha.geun.hye.im.ni.da
我是車槿惠。

대만에서 왔어요 .
de*.ma.ne.so*/wa.sso*.yo
我從台灣來的。

지금 고려대학에 다니고 있습니다 .
ji.geum/go.ryo*.de*.ha.ge/da.ni.go/it.sseum.ni.da
現在就讀高麗大學。

서울에 온 지 반년이 됐습니다 .
so*.u.re/on/ji/ban.nyo*.ni/dwe*t.sseum.ni.da
我來首爾已經有半年了。

내 이름은 장혜진이야 . '혜진 누나' 라고 불러
줘 .
ne*/i.reu.meun/jang.hye.ji.ni.ya//hye.jin/nu.na.ra.go/
bul.lo*/jwo
我的名字是張惠珍，叫我惠珍姊就好。

한국에는 출장 하러 왔어요 .
han.gu.ge.neun/chul.jang/ha.ro*/wa.sso*.yo
我是來韓國出差的。

必學收藏句 - 初次見面

처음 뵙겠습니다 .
cho*.eum/bwep.get.sseum.ni.da
初次見面。

만나서 반갑습니다 !
man.na.so*/ban.gap.sseum.ni.da
很高興見到您。

앞으로 잘 부탁드립니다 .
a.peu.ro/jal/bu.tak.deu.rim.ni.da
往後請多多指教。

이건 제 명함입니다 .
i.go*n/je/myo*ng.ha.mim.ni.da
這是我的名片。

전부터 만나 뵙고 싶었습니다 .
jo*n.bu.to*/man.na/bwep.go/si.po*t.sseum.ni.da
我之前就想見見您了。

우리 좋은 친구가 되었으면 합니다 .
u.ri/jo.eun/chin.gu.ga/dwe.o*.sseu.myo*n/ham.ni.da
希望我們能成為好朋友。

必學收藏句 - 偶遇老朋友

이게 누구니 ?
i.ge/nu.gu.ni
這是誰啊？

정말 우연이네요 .
jo*ng.mal/u.yo*.ni.ne.yo
真的好巧呢！

와 , 진짜 오랜만이다 .
wa//jin.jja/o.re*n.ma.ni.da
哇～真的好久不見。

나 기억 나요 ?
na/gi.o*k/na.yo
你記得我嗎？

너 어떻게 지냈니 ?
no*/o*.do*.ke/ji.ne*n.ni
你過得怎麼樣？

여기에 어쩐 일이야 ?
yo*.gi.e/o*.jjo*n/i.ri.ya
你怎麼會來這裡？

Unit05 感謝

대단히 감사합니다.
de*.dan.hi/gam.sa.ham.ni.da
非常謝謝你。

情境會話

A : 밤 늦게까지 일해 줘서 정말로 고마워요.
bam/neut.ge.ga.ji/il.he*/jwo.so*/jo*ng.mal.lo/go.ma.wo.yo
很謝謝你為我工作到這麼晚。

B : 아니에요. 이건 내 일이잖아요.
a.ni.e.yo//i.go*n/ne*/i.ri.ja.na.yo
不，這是我的工作嘛！

A : 일 다 끝내면 맛있는 거 사 줄게요.
il/da/geun.ne*.myo*n/ma.sin.neun/go*/sa/jul.ge.yo
事情都結束後，我請你吃好吃的。

中文：謝謝您。
韓語：고맙습니다.
go.map.sseum.ni.da

替換詞

고마워. 謝謝。
정말 고마워요. 真的謝謝你。
여러 가지로 고마워요. 各方面都謝謝你。
어쨌든 고마워요. 總之謝謝你了。
너무 고마워! 太感謝了！

中文：謝謝您的幫忙。
韓語：도와 주셔서 감사합니다.
do.wa/ju.syo*.so*/gam.sa.ham.ni.da

替換詞

알려 주셔서 告知
이해해 주셔서 理解
초대해 주셔서 招待
설명해 주셔서 說明
소개해 주셔서 介紹

中文：今天謝謝你了。
韓語：오늘 고마웠어요 .

o.neul/go.ma.wo.sso*.yo

替換詞

그동안　這段期間
어제　昨天
지난 번　上次
3 일동안　這三天
지금까지　到目前為止

中文：謝謝你的連絡。
韓語：연락 고마워요 .

yo*l.lak/go.ma.wo.yo

替換詞

답장　回覆
전화　電話
이메일　mail
말씀　話
선물　禮物

必學收藏句 - 表達謝意

그때는 감사했습니다 .
geu.de*.neun/gam.sa.he*t.sseum.ni.da
那時真的謝謝你了。

그건 모두가 준기 씨 덕분이에요 . 고마워요 .
geu.go*n/mo.du.ga/jun.gi/ssi/do*k.bu.ni.e.yo//go.ma.
wo.yo
那都是多虧了俊基你。謝謝。

기다려 주셔서 감사해요 .
gi.da.ryo*/ju.syo*.so*/gam.sa.he*.yo
謝謝你等我。

진심으로 감사 드립니다 .
jin.si.meu.ro/gam.sa/deu.rim.ni.da
真心感謝您。

날 사랑해 줘서 고마워요 !
nal/ssa.rang.he*/jwo.so*/go.ma.wo.yo
謝謝你愛我。

천만에요 .
cho*n.ma.ne.yo
不客氣。

Unit06 道歉

정말 죄송합니다.
jo*ng.mal/jjwe.song.ham.ni.da
真的很抱歉。

情境會話

A : 지금 어디야 ? 왜 아직 안 와 ?
ji.geum/o*.di.ya/we*/a.jik/an.wa
你在哪?為什麼還不來?

B : 아 , 미안해 . 오늘 좀 늦을 것 같아 .
a//mi.an.he*//o.neul/jjom/neu.jeul/go*t/ga.ta
啊,抱歉。今天可能會有點晚。

A : 대체 무슨 일이야 ? 오늘 안 오면 죽는다 . 알
지 ?
de*.che/mu.seun/i.ri.ya//o.neul/an/o.myo*n/jung.
neun.da//al.jji
到底是什麼事啊?今天你不來就死定了,知道吧?

會話練習區
替換單字或短句後跟著MP3念看看吧！

中文：對不起。
韓語：미안합니다.
mi.an.ham.ni.da

替換詞

미안. 抱歉。
미안해요. 對不起。
미안하게 됐어. 對不起了。
죄송해요. 對不起。
대단히 죄송합니다. 非常抱歉。

中文：對不起，我忘記了。
韓語：미안해요. 깜박 잊었어요.
mi.an.he*.yo//gam.bak/i.jo*.sso*.yo

替換詞

많이 기다렸죠? 等很久了吧？
전화를 잘못 걸었어요. 我打錯電話了。
제 실수예요. 是我的失誤。
도와줄 수 없어요. 我不能幫你。
나도 모르겠어요. 我也不知道。

會話練習區
替換單字或短句後跟著MP3念看看吧！

中文：對不起，我來晚了。
韓語： 늦어서 **미안합니다.**
neu.jo*.so*/mi.an.ham.ni.da

替換詞

도움을 못 드려　不能幫你。
지켜주지 못해　無法守護你。
자꾸 폐를 끼쳐서　常給你添麻煩。
기다리게 해서　讓你等。
같이 가지 못해서　不能陪你去。

中文：沒關係。
韓語： 괜찮습니다.
gwe*n.chan.sseum.ni.da

替換詞

괜찮아.　沒關係。
별것 아니야.　那沒什麼。
걱정하지 마요.　不用擔心。
신경 쓰지 마.　別介意。
사과할 필요 없어요.　你不需要道歉。

私藏 韓語會話
學習書

必學收藏句 - 表達歉意

제가 잘못했어요 .
je.ga/jal.mo.te*.sso*.yo
我錯了。

실례가 많았어요 . 죄송합니다 .
sil.lye.ga/ma.na.sso*.yo//jwe.song.ham.ni.da
失禮了，對不起。

용서해 주세요 .
yong.so*.he*/ju.se.yo
請原諒我。

죄송합니다 . 제가 경솔했어요 .
jwe.song.ham.ni.da//je.ga/gyo*ng.sol.he*.sso*.yo
對不起，是我輕率了。

정말 죄송합니다 . 괜찮으세요 ?
jo*ng.mal/jjwe.song.ham.ni.da//gwe*n.cha.neu.se.yo
真抱歉，你還好嗎？

진심으로 찾아뵙고 사과 드리고 싶습니다 .
jin.si.meu.ro/cha.ja.bwep.go/sa.gwa/deu.ri.go/sip.
sseum.ni.da
我是真心想親自去道歉。

Unit07 祝賀

결혼을 축하합니다 .
gyo*l.ho.neul/chu.ka.ham.ni.da
恭喜你結婚！

情境會話

A : 생일 축하해 . 이건 선물이야 .
se*ng.il/chu.ka.he*//i.go*n/so*n.mu.ri.ya
生日快樂，這是禮物。

B : 고마워 . 열어봐도 돼 ?
go.ma.wo//yo*.ro*.bwa.do/dwe*
謝謝，我可以打開嗎？

A : 물론이지 . 열어 봐 .
mul.lo.ni.ji//yo*.ro*/bwa
當然囉！打開吧！

會話練習區
替換單字或短句後跟著MP3念看看吧！

中文：恭喜就業。
韓語：취직**을 축하합니다.**
chwi.ji.geul/chu.ka.ham.ni.da

替換詞

졸업　畢業
입학　入學
성공　成功
우승　優勝
개업　開業

中文：祝你幸福。
韓語：행복하시길 빕니다.
he*ng.bo.ka.si.gil/bim.ni.da

替換詞

건강하시길 빕니다.　祝你健康。
건숭하시길 빕니다.　祝你身體健康。
소망 이루시길 빕니다.　祝你實現願望
평화를 빕니다.　祝和平。
행운을 빕니다.　祝你幸運。

必學收藏句 - 節日祝福語

결혼 기념일 축하해요 .
gyo*l.hon/gi.nyo*.mil/chu.ka.he*.yo
結婚紀念日快樂！

메리 크리스마스 !
me.ri/keu.ri.seu.ma.seu
聖誕節快樂！

새해 복 많이 받으세요 .
se*.he*/bok/ma.ni/ba.deu.se.yo
新年快樂！

행복한 연말 보내시길 바랍니다 .
he*ng.bo.kan/yo*n.mal/bo.ne*.si.gil/ba.ram.ni.da
祝你有個幸福的年尾。

당신과 함께한 올 한 해 참 고맙고 , 행복했습니다 .
dang.sin.gwa/ham.ge.han/ol/han/he*/cham/go.map.
go//he*ng.bo.ke*t.sseum.ni.da
與你一起度過的這一年，既感謝又幸福。

항상 건강하시고 좋은 일 좋은 한해 되시길 기원
합니다 .
hang.sang/go*n.gang.ha.si.go/jo.eun/il/jo.eun/han.
he*/dwe.si.gil/gi.won.ham.ni.da
祝您身體健康，有個事事順利的好年。

Unit08 時間

지금 몇 시입니까 ?
ji.geum/myo*t/si.im.ni.ga
現在幾點 ?

情境會話

A : 일 다 끝냈어요 ? 나랑 같이 밥 먹으러 갑시다 .
il/da/geun.ne*.sso*.yo//na.rang/ga.chi/bap/mo*.geu.
ro*/gap.ssi.da
事情做完了嗎 ? 和我一起去吃飯吧 。

B : 지금은 안 돼요 . 오후라면 괜찮아요 .
ji.geu.meun/an/dwe*.yo//o.hu.ra.myo*n/gwe*n.cha.
na.yo
現在不行 , 下午就可以 。

A : 그럼 오후에 시간 나면 커피 한 잔 같이 해요 .
geu.ro*m/o.hu.e/si.gan/na.myo*n/ko*.pi/han/jan/
ga.chi/he*.yo
那下午有時間再一起喝杯咖啡吧 。

會話練習區
替換單字或短句後跟著MP3念看看吧！

中文：現在兩點。
韓語：지금 두 시입니다 .
ji.geum/du/si.im.ni.da

替換詞

한 시　一點
아침 일곱 시　早上七點
오후 네 시　下午四點
저녁 여섯 시　晚上六點
밤 열두 시　晚上十二點

中文：下午三點三十分。
韓語：오후 세 시 삼십분이에요 .
o.hu/se/si/sam.sip.bu.ni.e.yo

替換詞

반　半
오분　五分
십분　十分
사십칠분　四十七分
이십오분　二十五分

會話練習區
替換單字或短句後跟著MP3念看看吧！

中文：幾點去呢？
韓語：몇 시에 가요？

myo*t/si.e/ga.yo

替換詞

떠나요？　離開呢？
출발해요？　出發呢？
출근해요？　上班呢？
시작해요？　開始呢？
도착해요？　抵達呢？

中文：畢業典禮是什麼時候？
韓語：졸업식은 언제입니까？

jo.ro*p.ssi.geun/o*n.je.im.ni.ga

替換詞

결혼식　結婚典禮
시상식　頒獎典禮
장례식　葬禮
부활절　復活節
추석　中秋節

會話練習區
替換單字或短句後跟著MP3念看看吧！

中文：今天星期一。
韓語：오늘은 월요일이에요.
o.neu.reun/wo.ryo.i.ri.e.yo

替換詞

화요일	星期二
수요일	星期三
목요일	星期四
금요일	星期五
토요일	星期六

中文：我十月要去新婚旅行。
韓語：시월에 신혼 여행을 갈 거예요.
si.wo.re/sin.hon/yo*.he*ng.eul/gal/go*.ye.yo

替換詞

유월에	六月
칠월 초에	七月初
삼월 말에	三月底
오월 오일에	五月五號
사월 하순쯤에	四月下旬左右

必學收藏句 - 詢問日期、時間

오늘은 몇 월 며칠입니까 ?
o.neu.reun/myo*t/wol/myo*.chi.rim.ni.ga
今天幾月幾號？

오늘은 유월 구일입니다 .
o.neu.reun/yu.wol/gu.i.rim.ni.da
今天是六月九號。

오늘이 며칠인가요 ?
o.neu.ri/myo*.chi.rin.ga.yo
今天幾號？

오늘은 무슨 요일이에요 ?
o.neu.reun/mu.seun/yo.i.ri.e.yo
今天星期幾？

시간이 얼마나 걸립니까 ?
si.ga.ni/o*l.ma.na/go*l.lim.ni.ga
要花多少時間？

두 시간쯤 걸립니다 .
du/si.gan.jjeum/go*l.lim.ni.da
要花約兩個鐘頭。

必學收藏句 - 時間表現句

오늘 아침 일곱 시에 일어났어요 .
o.neul/a.chim/il.gop/si.e/i.ro*.na.sso*.yo
今天早上七點起床。

이제 곧 퇴근 시간이네요 .
i.je/got/twe.geun/si.ga.ni.ne.yo
馬上就是下班時間了呢！

어제는 일요일이었어요 .
o*.je.neun/i.ryo.i.ri.o*.sso*.yo
昨天星期日。

올해는 2014 년입니다 .
ol.he*.neun/i.cho*n.sip.ssa.nyo*.nim.ni.da
今年是2014年。

시간이 늦었습니다 .
si.ga.ni/neu.jo*t.sseum.ni.da
時間不早了。

오늘은 발렌타인데이입니다 .
o.neu.reun/bal.len.ta.in.de.i.im.ni.da
今天是情人節。

必背私藏單字 - 時間的劃分

一天的劃分	近期的劃分
새벽 凌晨 se*.byo*k	어제 昨天 o*.je
아침 早晨 a.chim	오늘 今天 o.neul
오전 上午 o.jo*n	내일 明天 ne*.il
정오 中午 jo*ng.o	그저께 前天 geu.jo*.ge
오후 下午 o.hu	그그저께 大前天 geu.geu.jo*.ge
저녁 傍晚 jo*.nyo*k	모레 後天 mo.re
밤 晚上 bam	글피 大後天 geul.pi
오밤중 半夜 o.bam.jung	이번 주 這週 i.bo*n/ju
야밤중 半夜 ya.bam.jung	다음 주 下週 da.eum/ju
심야 深夜 si.mya	지난 주 上週 ji.nan/ju

必背私藏單字 - 年&月的計算

一. 年份的計算

韓語固有數詞＋해	漢字語數詞＋년
한 해 **一年** han/he*	일 년 **一年** il/lyo*n
두 해 **兩年** du/he*	이 년 **兩年** i/nyo*n
세 해 **三年** se/he*	삼 년 **三年** sam/nyo*n
네 해 **四年** ne/he*	사 년 **四年** sa/nyo*n
다섯 해 **五年** da.so*t/he*	오 년 **五年** o/nyo*n
여섯 해 **六年** yo*.so*t/he*	육 년 **六年** yung/nyo*n

二. 月份的計算

韓語固有數詞＋달	漢字語數詞＋개월
한 달 **一個月** han/dal	일 개월 **一個月** il/ge*.wol
두 달 **兩個月** du/dal	이 개월 **兩個月** i/ge*.wol
세 달 **三個月** se/dal	삼 개월 **三個月** sam/ge*.wol
네 달 **四個月** ne/dal	사 개월 **四個月** sa/ge*.wol
다섯 달 **五個月** da.so*t/dal	오 개월 **五個月** o/ge*.wol
여섯 달 **六個月** yo*.so*t/dal	육 개월 **六個月** yuk/ge*.wol

Unit09 天氣

오늘 날씨가 어때요 ?
o.neul/nal.ssi.ga/o*.de*.yo
今天天氣如何？

情境會話

A : 요즘 한국 날씨는 어때요 ?
yo.jeum/han.guk/nal.ssi.neun/o*.de*.yo
最近韓國天氣怎麼樣？

B : 장마철이라서 매일 비만 와요 .
jang.ma.cho*.ri.ra.so*/me*.il/bi.man/wa.yo
因為是梅雨季每天都在下雨。

A : 한국의 장마철은 언제예요 ?
han.gu.gui/jang.ma.cho*.reun/o*n.je.ye.yo
韓國的梅雨季是什麼時候？

B : 보통 장마는 6 월말이나 7 월초에 시작돼요 .
bo.tong/jang.ma.neun/yu.wol.ma.ri.na/chi.rwol.cho.e/
si.jak.dwe*.yo
一般梅雨是從六月底或七月初開始。

會話練習區
替換單字或短句後跟著MP3念看看吧！

中文：天氣好。
韓語：날씨가 좋아요.
nal.ssi.ga/jo.a.yo

替換詞

나빠요.　　差。
맑아요.　　晴朗。
흐려요　　陰。
더워요.　　熱。
추워요.　　冷。

中文：變涼了。
韓語：시원해졌어요.
si.won.he*.jo*.sso*.yo

替換詞

따뜻해졌어요.　變溫暖了。
쌀쌀해졌어요.　變涼了。
추워졌어요.　　變冷了。
더워졌어요.　　變熱了。
깨끗해졌어요.　變乾淨了。

中文：明天**天氣怎麼樣？**
韓語：내일 **날씨는 어때요？**

ne*.il/nal.ssi.neun/o*.de*.yo

替換詞

주말　週末
서울　首爾
부산　釜山
그쪽　那裡
남부지방　南部地方

中文：很熱的**天氣呢！**
韓語：더운 **날씨네요．**

do*.un/nal.ssi.ne.yo

替換詞

추운　很冷的
맑은　晴朗的
상쾌한　涼爽的
무더운　悶熱的
서늘한　涼颼颼的

必學收藏句 - 春

봄이 빨리 오면 좋겠다 .
bo.mi/bal.li/o.myo*n/jo.ket.da
希望春天快點來。

내가 좋아하는 계절은 봄이에요 .
ne*.ga/jo.a.ha.neun/gye.jo*.reun/bo.mi.e.yo
我喜歡的季節是春天。

봄이 오면 꽃이 핍니다 .
bo.mi/o.myo*n/go.chi/pim.ni.da
春來花開。

많이 따뜻해졌어요 .
ma.ni/da.deu.te*.jo*.sso*.yo
溫暖許多了。

아름다운 벚꽃의 계절이군요 .
a.reum.da.un/bo*t.go.chui/gye.jo*.ri.gu.nyo
是美麗的櫻花季節呢！

지난 주보다 날씨가 더 따뜻해졌습니다 .
ji.nan/ju.bo.da/nal.ssi.ga/do*/da.deu.te*.jo*t.sseum.
ni.da
天氣比上週更溫暖了。

必學收藏句 - 夏

더워 죽겠어 .
do*.wo/juk.ge.sso*
熱死了。

오늘은 덥네요 .
o.neu.reun/do*m.ne.yo
今天很熱呢！

내일 태풍이 올 거예요 .
ne*.il/te*.pung.i/ol/go*.ye.yo
明天會有颱風。

오늘은 별로 덥지 않아요 .
o.neu.reun/byo*l.lo/do*p.jji/a.na.yo
今天不怎麼熱。

여름 감기 조심하세요 !
yo*.reum/gam.gi/jo.sim.ha.se.yo
要注意夏季感冒。

이번 여름 방학 때 뭐 할 거예요 ?
i.bo*n/yo*.reum/bang.hak/de*/mwo/hal/go*.ye.yo
這個暑假你要做什麼？

必學收藏句 - 秋

가을은 시원해서 좋아요 .
ga.eu.reun/si.won.he*.so*/jo.a.yo
秋天涼爽，我很喜歡。

날씨가 많이 선선해졌네요 .
nal.ssi.ga/ma.ni/so*n.so*n.he*.jo*n.ne.yo
天氣變得很涼了。

가을은 독서하기 가장 좋은 계절이라고 하지요 .
ga.eu.reun/dok.sso*.ha.gi/ga.jang/jo.eun/gye.jo*.ri.ra.
go/ha.ji.yo
聽說秋天是讀書最好的季節。

설악산에 단풍이 들기 시작했습니다 .
so*.rak.ssa.ne/dan.pung.i/deul.gi/si.ja.ke*t.sseum.
ni.da
雪嶽山楓葉開始紅了。

우리 단풍 구경하러 갑시다 .
u.ri/dan.pung/gu.gyo*ng.ha.ro*/gap.ssi.da
我們去賞楓葉吧。

요즘 밤낮으로 일교차가 큽니다 .
yo.jeum/bam.na.jeu.ro/il.gyo.cha.ga/keum.ni.da
最近早晚日溫差很大。

必學收藏句 - 冬

갑자기 추워졌네요 .
gap.jja.gi/chu.wo.jo*n.ne.yo
突然變冷了呢!

여기 바람이 세군요 .
yo*.gi/ba.ra.mi/se.gu.nyo
這裡風很大呢!

밤에 눈이 온다고 해요 .
ba.me/nu.ni/on.da.go/he*.yo
聽說晚上會下雪。

오늘 눈이 올지도 몰라요 .
o.neul/nu.ni/ol.ji.do/mol.la.yo
今天也許會下雪。

오늘 서울의 낮 최고 기온이 영하 7 도였어요 .
o.neul/sso*.u.rui/nat/chwe.go/gi.o.ni/yo*ng.ha/chil.
do.yo*.sso*.yo
今天首爾白天的最高氣溫是零下七度。

어제 새벽부터 많은 눈이 내렸어요 .
o*.je/se*.byo*k.bu.to*/ma.neun/nu.ni/ne*.ryo*.sso*.yo
從昨天清晨開始就下了很多雪。

必學收藏句 - 下雨

내일 비 올까요 ?
ne*.il/bi/ol.ga.yo
明天會下雨嗎？

비가 많이 오고 있습니다 .
bi.ga/ma.ni/o.go/it.sseum.ni.da
正在下大雨。

비가 왔습니다 .
bi.ga/wat.sseum.ni.da
下雨了。

오후부터 비가 내린다고 해요 .
o.hu.bu.to*/bi.ga/ne*.rin.da.go/he*.yo
聽說下午會下雨。

빨리 비가 그치면 좋겠어요 .
bal.li/bi.ga/geu.chi.myo*n/jo.ke.sso*.yo
希望快點雨停。

점점 흐려지네요 .
jo*m.jo*m/heu.ryo*.ji.ne.yo
天慢慢變陰了。

必背私藏單字 - 天氣

好天氣	壞天氣
맑음 晴天 mal.geum	흐림 陰天 heu.rim
태양 太陽 te*.yang	먹구름 烏雲 mo*k.gu.reum
햇빛 陽光 he*t.bit	비 雨 bi
자외선 紫外線 ja.we.so*n	번개 閃電 bo*n.ge*
구름 雲 gu.reum	천둥 雷 cho*n.dung
바람 風 ba.ram	장마 雨季 jang.ma
공기 空氣 gong.gi	소나기 雷陣雨 so.na.gi
무지개 彩虹 mu.ji.ge*	태풍 颱風 te*.pung
눈 雪 nun	폭우 暴雨 po.gu
밀물 漲潮 mil.mul	폭설 暴雪 pok.sso*l

必背私藏單字 - 氣候 & 氣象

氣候	氣象
봄 春 bom	일기예보 天氣預報 il.gi.ye.bo
여름 夏 yo*.reum	최고기온 最高氣溫 chwe.go.gi.on
가을 秋 ga.eul	최저기온 最低氣溫 chwe.jo*.gi.on
겨울 冬 gyo*.ul	강수량 降水量 gang.su.ryang
날씨 天氣 nal.ssi	영하 零下 yo*ng.ha
기후 氣候 gi.hu	섭씨 攝氏 so*p.ssi
한대 寒帶 han.de*	화씨 華氏 hwa.ssi
온대 溫帶 on.de*	고기압 高氣壓 go.gi.ap
열대 熱帶 yo*l.de*	저기압 低氣壓 jo*.gi.ap
아열대 亞熱帶 a.yo*l.de*	계절풍 季風 gye.jo*l.pung

私藏韓語
나만의 한국어 회화책
會話學習書

個人特質篇

Unit01 家庭背景

가족이 어떻게 되세요 ?
ga.jo.gi/o*.do*.ke/dwe.se.yo
家裡有幾個人？

情境會話一

A : 수영 씨 , 어디서 사세요 ?
su.yo*ng/ssi//o*.di.so*/sa.se.yo
秀英你住哪裡？

B : 어머니 , 아버지 , 오빠하고 같이 서울에서 삽
니다 .
o*.mo*.ni//a.bo*.ji//o.ba.ha.go/ga.chi/so*.u.re.so*/
sam.ni.da
我和媽媽、爸爸和哥哥一起住在首爾。

A : 부모님의 직업이 무엇입니까 ?
bu.mo.ni.mui/ji.go*.bi/mu.o*.sim.ni.ga
父母親的職業是什麼？

B：아버지는 은행원이십니다 . 어머니는 학교 선
생님이십니다 .

a.bo*.ji.neun/eun.he*ng.wo.ni.sim.ni.da//o*.mo*.
ni.neun/hak.gyo/so*n.se*ng.ni.mi.sim.ni.da

爸爸是銀行職員，媽媽是學校老師。

情境會話二

A：민지 씨 동생은 중학생이죠 ?

min.ji/ssi/dong.se*ng.eun/jung.hak.sse*ng.i.jyo

旼志你弟弟是國中生吧？

B：동생은 지금 중학생인데 , 내년에 고등학생
이 돼요 .

dong.se*ng.eun/ji.geum/jung.hak.sse*ng.in.de//ne*.
nyo*.ne/go.deung.hak.sse*ng.i/dwe*.yo

弟弟現在是國中生，明年升高中。

中文： 家人有幾個？
韓語： 가족이 모두 몇 명입니까？

ga.jo.gi/mo.du/myo*t/myo*ng.im.ni.ga

替換詞

사람이　人
손님이　客人
형제가　兄弟姊妹
학생이　學生
식구가　家庭人口

中文： 你是長男嗎？
韓語： 장남입니까？

jang.na.mim.ni.ga

替換詞

차남　次男
장녀　長女
차녀　次女
막내　老么
독자　獨子

會話練習區
替換單字或短句後跟著MP3念看看吧！

中文：我沒有兄弟。
韓語：형제는 없습니다.

hyo*ng.je.neun/o*p.sseum.ni.da

替換詞

형제자매　兄弟姊妹
오빠　哥哥
아이　小孩
여자친구　女朋友
남자친구　男朋友

中文：我跟父母一起住。
韓語：저는 부모님과 같이 삽니다.

jo*.neun/bu.mo.nim.gwa/ga.chi/sam.ni.da

替換詞

친구와 같이　跟朋友一起
언니와 같이　跟姊姊一起
부모님과 따로　跟父母分開
쌍둥이형과 같이　跟雙胞胎哥哥一起
혼자　一個人

中文：我是單身。
韓語：저는 독신입니다 .
jo*.neun/dok.ssi.nim.ni.da

替換詞

유부녀입니다 .　有夫之婦
유부남입니다 .　有婦之夫
임산부입니다 .　孕婦
결혼했습니다 .　結婚了
이혼했습니다 .　離婚了

中文：父親今年五十五歲。
韓語：아버님은 올해 쉰다섯입니다 .
a.bo*.ni.meun/ol.he*/swin.da.so*.sim.ni.da

替換詞

서른 여덟　三十八
마흔 여섯　四十六
예순 둘　六十二
일흔　七十
여든 셋　八十三

中文：父母親在做什麼工作呢？
韓語：부모님이 무슨 일을 하십니까？

bu.mo.ni.mi/mu.seun/i.reul/ha.sim.ni.ga

替換詞

어머님	母親
아버님	父親
남편분	丈夫
그분	那位
신 여사님	申女士

中文：我弟弟高中三年級。
韓語：제 동생은 고등학교 삼학년입니다．

je/dong.se*ng.eun/go.deung.hak.gyo/sam.hang.nyo*.nim.ni.da

替換詞

초등학교 오학년	小學五年級
중학교 이학년	國中二年級
대학교 삼학년	大學三年級
대학원 일학년	研究所一年級
유치원생	幼稚園學生

必學收藏句 - 介紹家人

우리 집은 식구가 많습니다 .
u.ri/ji.beun/sik.gu.ga/man.sseum.ni.da
我們家人口很多。

우리 가족은 엄마 , 아빠 , 오빠 , 여동생 그리고 나 ,
모두 5 명이에요 .
u.ri/ga.jo.geun/o*m.ma//a.ba//o.ba//yo*.dong.se*ng/
geu.ri.go/na//mo.du/da.so*n.myo*ng.i.e.yo
我們家有媽媽、爸爸、哥哥、妹妹還有我，總共五個
人。

나는 외동딸이에요 .
na.neun/we.dong.da.ri.e.yo
我是獨生女。

할아버지께서는 작년에 돌아가셨습니다 .
ha.ra.bo*.ji.ge.so*.neun/jang.nyo*.ne/do.ra.ga.syo*t.
sseum.ni.da
爺爺去年過世了。

할머니는 연세가 많으시지만 아주 건강하십니다 .
hal.mo*.ni.neun/yo*n.se.ga/ma.neu.si.ji.man/a.ju/
go*n.gang.ha.sim.ni.da
奶奶雖然年紀大了，但是很健康。

Unit02 個性

어떤 사람이에요 ?
o*.do*n/sa.ra.mi.e.yo
是怎麼樣的人呢 ?

情境會話

A : 태준 씨는 여자친구 있어요 ?
te*.jun/ssi.neun/yo*.ja.chin.gu/i.sso*.yo
泰俊你有女朋友嗎 ?

B : 없는데요 . 여자 좀 소개시켜 줘요 .
o*m.neun.de.yo//yo*.ja/jom/so.ge*.si.kyo*/jwo.yo
沒有，你介紹女生給我。

A : 어떤 여자를 좋아해요 ?
o*.do*n/yo*.ja.reul/jjo.a.he*.yo
你喜歡那種女生 ?

B : 성격이 좋은 여자를 좋아해요 .
so*ng.gyo*.gi/jo.eun/yo*.ja.reul/jjo.a.he*.yo
我喜歡個性好的女生。

中文:個性如何?
韓語:성격이 어때요?
so*ng.gyo*.gi/o*.de*.yo

(替換詞)

이거 這個
맛이 味道
날씨가 天氣
여기가 這裡
그 사람이 那個人

中文:我喜歡乖巧的人。
韓語:나는 착한 사람을 좋아해요.
na.neun/cha.kan/sa.ra.meul/jjo.a.he*.yo

(替換詞)

정직한 正直
능력 있는 有能力
얌전한 斯文
똑똑한 聰明
성실한 老實

中文：智英很有人氣。
韓語：지영 씨는 인기가 많아요.
ji.yo*ng/ssi.neun/in.gi.ga/ma.na.yo

替換詞

순진한 사람이에요.　是純真的人
발이 넓어요.　交友廣
매우 겸손해요.　很謙虛
유머감각이 있어요.　很幽默。
내성적이고 조용한 사람이에요.　是內向又安靜的人。

中文：她很親切。
韓語：그녀는 친절해요.
geu.nyo*.neun/chin.jo*l.he*.yo

替換詞

활발해요.　活潑
냉정해요.　冷漠
게을러요.　懶惰
입이 가벼워요.　大嘴巴
예의가 바릅니다.　有禮貌

必學收藏句 - 好的性格

너그러워요.
no*.geu.ro*.wo.yo
仁厚。

명랑해요.
myo*ng.nang.he*.yo
開朗。

부지런해요.
bu.ji.ro*n.he*.yo
勤勞。

근면해요.
geun.myo*n.he*.yo
勤勉。

다정해요.
da.jo*ng.he*.yo
多情。

싹싹해요.
ssak.ssa.ke*.yo
和藹可親。

必學收藏句 - 不好的性格

인색해요 .
in.se*.ke*.yo
吝嗇。

무례해요 .
mu.rye.he*.yo
無禮。

완고해요 .
wan.go.he*.yo
頑固。

거만해요 .
go*.man.he*.yo
傲慢。

경솔해요 .
gyo*ng.sol.he*.yo
輕率。

욕심이 많아요 .
yok.ssi.mi/ma.na.yo
貪心。

必學收藏句 - 其他個性

보수적이에요 .
bo.su.jo*.gi.e.yo
保守。

낙천적이에요 .
nak.cho*n.jo*.gi.e.yo
樂天。

비관적이에요 .
bi.gwan.jo*.gi.e.yo
悲觀。

내성적이에요 .
ne*.so*ng.jo*.gi.e.yo
內向。

외향적이에요 .
we.hyang.jo*.gi.e.yo
外向。

이기적이에요 .
i.gi.jo*.gi.e.yo
自私。

Unit03 外型

외모는 중요하지 않아요 .
we.mo.neun/jung.yo.ha.ji/a.na.yo
外貌不重要。

情境會話

A : 저기 학교 정문 앞에 저 남자 좀 봐 .
jo*.gi/hak.gyo/jo*ng.mun/a.pe/jo*/nam.ja/jom/bwa
你看學校正門前面的那個男生。

B : 파란 모자 쓴 남자 ?
pa.ran/mo.ja/sseun/nam.ja
戴藍色帽子的男生嗎 ?

A : 맞아 , 멋있지 않아 ?
ma.ja//mo*.sit.jji/a.na
沒錯，你不覺得很帥嗎 ?

B : 응 , 연예인처럼 잘 생겼네 .
eung//yo*.nye.in.cho*.ro*m/jal/sse*ng.gyo*n.ne
恩，和藝人一樣好看。

中文：那男生很帥。
韓語：그 남자는 멋있어요.
geu/nam.ja.neun/mo*.si.sso*.yo

(替換詞)

잘 생겼어요. 很好看
못 생겼어요. 很醜
키가 커요. 很高
키가 작아요. 很矮
체격이 좋아요. 體格很好

中文：那女生很漂亮。
韓語：그 여자는 예뻐요.
geu/yo*.ja.neun/ye.bo*.yo

(替換詞)

아름다워요. 美麗
날씬해요. 苗條
섹시해요. 性感
귀여워요. 可愛
눈이 커요. 眼睛大

會話練習區
替換單字或短句後跟著MP3念看看吧！

中文：身高是180公分。
韓語：키는 180 센티입니다.
ki.neun/be*k.pal.ssip.ssen.ti.im.ni.da

替換詞

165 센티입니다. 165 公分
170 이상입니다. 170 以上
큰 편입니다. 算高
작은 편입니다. 算矮
비밀입니다. 是祕密

中文：看起來很老。
韓語：늙어 보여요.
neul.go*/bo.yo*.yo

替換詞

젊어 很年輕
건강해 很健康
피곤해 很疲累
길어 很長
짧아 很短

必學收藏句 - 體重

몸무게가 어떻게 돼요 ?
mom.mu.ge.ga/o*.do*.ke/dwe*.yo
你的體重是多少？

몸무게는 46 킬로인 것 같아요 .
mom.mu.ge.neun/sa.si.byuk.kil.lo.in/go*t/ga.ta.yo
體重好像是46公斤。

몸무게는 비밀이에요 .
mom.mu.ge.neun/bi.mi.ri.e.yo
體重是祕密。

통통해요 .
tong.tong.he*.yo
胖嘟嘟。

뚱뚱해요 .
dung.dung.he*.yo
胖。

그는 너무 말랐어요 .
geu.neun/no*.mu/mal.la.sso*.yo
他太瘦了。

必學收藏句 - 髮型

곱슬머리예요 .
gol.seul.mo*.ri.ye.yo
是捲髮。

생머리예요 .
se*ng.mo*.ri.ye.yo
是直髮。

대머리예요 .
de*.mo*.ri.ye.yo
是光頭。

갈색 머리예요 .
gal.sse*k/mo*.ri.ye.yo
是褐色頭髮。

긴 머리예요 .
gin/mo*.ri.ye.yo
是長髮。

짧은 머리예요 .
jjal.beun/mo*.ri.ye.yo
是短髮。

必學收藏句 - 外型

여드름이 있어요 .
yo*.deu.reu.mi/i.sso*.yo
有青春痘。

수염이 있어요 .
su.yo*.mi/i.sso*.yo
有鬍子。

보조개가 있어요 .
bo.jo.ge*.ga/i.sso*.yo
有酒窩。

눈이 예뻐요 .
nu.ni/ye.bo*.yo
眼睛漂亮。

이마가 넓어요 .
i.ma.ga/no*p.o*.yo
額頭寬。

얼굴이 하얘요 .
o*l.gu.ri/ha.ye*.yo
臉白。

Unit04 工作與職場

무슨 일을 하세요?
mu.seun/i.reul/ha.se.yo
你在做什麼工作？

情境會話

A：우리 좀 쉬고 합시다.
u.ri/jom/swi.go/hap.ssi.da
我們休息一下再做吧。

B：처리해야 할 일 너무 많아서 머리 아파요. 오늘도 잔업해야겠네요.
cho*.ri.he*.ya/hal/il/no*.mu/ma.na.so*/mo*.ri/a.pa.yo//
o.neul.do/ja.no*.pe*.ya.gen.ne.yo
要處理的事太多，頭好痛。今天也要加班了。

A：커피 한 잔하고 해요.
ko*.pi/han/jan.ha.go/he*.yo
喝杯咖啡再繼續吧。

會話練習區
替換單字或短句後跟著MP3念看看吧！

中文：我在工廠上班。
韓語：공장에 근무합니다.
gong.jang.e/geun.mu.ham.ni.da

替換詞

병원　醫院
학원　補習班
출판사　出版社
광고회사　廣告公司
게임회사　遊戲公司

中文：公司工作很忙。
韓語：회사 일은 바쁩니다.
hwe.sa/i.reun/ba.beum.ni.da

替換詞

안 바쁩니다.　不忙
어렵습니다.　很難
쉽습니다.　很簡單
많습니다.　很多
힘듭니다.　辛苦

會話練習區
替換單字或短句後跟著MP3念看看吧！

中文：目前從事教育方面的工作。
韓語：교육 쪽 일을 하고 있습니다.
gyo.yuk/jjok/i.reul/ha.go/it.sseum.ni.da

替換詞

회계 쪽　會計方面
가이드　導遊
판매　銷售
재무설계사　財務設計師
금융 관련　金融相關

中文：社長正通話中。
韓語：사장님은 지금 통화 중입니다.
sa.jang.ni.meun/ji.geum/tong.hwa/jung.im.ni.da

替換詞

휴가 중　休假中
회의 중　開會中
출장 중　出差中
식사 중　用餐中
얘기 중　談話中

中文：我週末要去韓國出差。
韓語：주말에 한국으로 출장 갈 거예요 .
ju.ma.re/han.gu.geu.ro/chul.jang/gal/go*.ye.yo

替換詞

베이징으로　北京
홍콩으로　香港
뉴욕으로　紐約
도쿄로　東京
타이페이로　台北

中文：從家裡到公司搭公車花十五分鐘左右。
韓語：집에서 회사까지 버스로 15 분정도 걸려요 .
ji.be.so*/hwe.sa.ga.ji/bo*.seu.ro/si.bo.bun.jo*ng.do/
go*l.lyo*.yo

替換詞

버스로 30 분정도　搭公車三十分鐘左右
지하철로 20 분정도　搭地鐵二十分鐘左右
걸어서 10 분쯤　走路十分鐘左右
차로 45 분이상　開車要四十五分鐘以上
자전거로 10 분정도　騎腳踏車十分鐘左右

必學收藏句 - 求職、辭職

일자리를 구하고 있나요 ?
il.ja.ri.reul/gu.ha.go/in.na.yo
你在找工作嗎？

저는 외국계 반도체 회사에 취직했어요 .
jo*.neun/we.guk.gye/ban.do.che/hwe.sa.e/chwi.ji.ke*.
sso*.yo
我在外商半導體公司就業了。

직장 구하기가 어렵네요 .
jik.jjang/gu.ha.gi.ga/o*.ryo*m.ne.yo
工作好難找喔！

이력서 좀 보여 주시겠어요 ?
i.ryo*k.sso*/jom/bo.yo*/ju.si.ge.sso*.yo
可以給我看看您的履歷嗎？

월요일 아침 9 시에 면접을 하러 오십시오 .
wo.ryo.il/a.chim/a.hop.ssi.e/myo*n.jo*.beul/ha.ro*/
o.sip.ssi.o
星期一早上9點請過來面試。

이제 이 일 그만 둘 거예요 .
i.je/i/il/geu.man/dul/go*.ye.yo
這個工作我要辭掉了。

必學收藏句 - 公司生活

프로젝트는 언제쯤이면 될까요 ?
peu.ro.jek.teu.neun/o*n.je.jjeu.mi.myo*n/dwel.ga.yo
企劃什麼時候會好？

담당자는 지금 안 계시는데요 .
dam.dang.ja.neun/ji.geum/an/gye.si.neun.de.yo
負責人現在不在。

드디어 퇴근 시간입니다 .
deu.di.o*/twe.geun/si.ga.nim.ni.da
終於到了下班時間。

회의는 몇 시에 끝나죠 ?
hwe.ui.neun/myo*t/si.e/geun.na.jyo
會議幾點結束？

지금 시간 괜찮으세요 ?
ji.geum/si.gan/gwe*n.cha.neu.se.yo
您現在方便嗎？

수고하셨습니다 .
su.go.ha.syo*t.sseum.ni.da
您辛苦了。

Unit05 學校與課業

저는 고등학생입니다 .

jo*.neun/go.deung.hak.sse*ng.im.ni.da

我是高中生。

情境會話

A : 자 , 이제 수업을 시작하겠어요 . 지난 주에 어디까지 했죠 ?

ja/i.je/su.o*.beul/ssi.ja.ka.ge.sso*.yo//ji.nan/ju.e/o*.di.ga.ji/he*t.jjyo

來，現在開始上課。上星期上到哪裡？

B : 25 페이지까지입니다 .

i.si.bo.pe.i.ji.ga.ji.im.ni.da

上到25頁。

A : 그럼 지난 번에 배운 것을 복습합시다 .

geu.ro*m/ji.nan/bo*.ne/be*.un/go*.seul/bok.sseu.pap.ssi.da

那一起來複習一下上次學的吧。

會話練習區
替換單字或短句後跟著MP3念看看吧！

中文：我是各位的韓語老師。
韓語：여러분들의 한국어 선생님이에요.

yo*.ro*.bun.deu.rui/han.gu.go*/so*n.se*ng.ni.mi.e.yo

替換詞

체육	體育
보건	健康教育
국어	國語
음악	音樂
수학	數學

中文：請把書本拿出來。
韓語：책을 꺼내세요.

che*.geul/go*.ne*.se.yo

替換詞

손수건을	手帕
지갑을	錢包
휴대폰을	手機
종이를	紙張
라이터를	打火機

會話練習區
替換單字或短句後跟著MP3念看看吧！

中文：請翻開12頁。
韓語：12 쪽을 **펴세요 .**
si.bi.jjo.geul/pyo*.se.yo

替換詞

36 쪽을　36 頁
123 쪽을　123 頁
다음 쪽을　下一頁
54 페이지를　54 頁
다음 페이지를　下一頁

中文：請大聲**説。**
韓語：크게 **말하세요 .**
keu.ge/mal.ha.sse.yo

替換詞

큰 소리로　大聲
작은 소리로　小聲
빨리　快點
천천히　慢慢地
자세히　仔細地

中文：了解嗎？
韓語：알겠어요？
al.ge.sso*.yo

替換詞

알겠어？　了解嗎？
알겠습니까？　了解嗎？
알았어요？　知道嗎？
이해되나요？　理解嗎？
이해됩니까？　理解嗎？

中文：請說韓語。
韓語：한국어로 말해 보세요.
han.gu.go*.ro/mal.he*/bo.se.yo

替換詞

영어로 말씀해 보세요.　請說英文。
중국어로 해 보세요.　請說中文。
일본어로 써 보세요.　請用日語寫。
러시아어로 물어보세요.　請用俄文問看看。
독일어로 대답해 보세요.　請用德文回答。

中文：我在大學讀醫學系。
韓語：대학에서는 의학을 공부했어요.
de*.ha.ge.so*.neun/ui.ha.geul/gong.bu.he*.sso*.yo

替換詞

경제학　經濟學
회계학　會計學
정치학　政治學
법학　法律學
경영관리학　經營管理學系

中文：我加入了攝影社。
韓語：사진촬영 동아리에 가입했어요.
sa.jin.chwa.ryo*ng/dong.a.ri.e/ga.i.pe*.sso*.yo

替換詞

교육봉사　教育服務
바둑　圍棋
관현악단　管弦樂團
마술　魔術
천체관측　天體觀測

會話練習區
替換單字或短句後跟著MP3念看看吧！

中文：這次的考試很難。
韓語：이번 시험은 어려웠어요.
i.bo*n/si.ho*.meun/o*.ryo*.wo.sso*.yo

(替換詞)

쉬웠어요. 很簡單
어렵지 않았어요. 不難
쉽지 않았어요. 不簡單
간단했어요. 很簡單
생각보다 어려웠어요. 比想像的要難

中文：通常在家裡念書。
韓語：보통 집에서 공부해요.
bo.tong/ji.be.so*/gong.bu.he*.yo

(替換詞)

도서관 圖書館
교실 教室
학원 補習班
커피숍 咖啡廳
친구 집 朋友家

必學收藏句 - 上課用語1

누가 안 왔나요 ?
nu.ga/an/wan.na.yo
誰沒來 ?

조용히 해 .
jo.yong.hi/he*
安靜點 !

오늘은 이것으로 마치겠어요 .
o.neu.reun/i.go*.seu.ro/ma.chi.ge.sso*.yo
今天上到這裡。

자 , 그럼 시작합시다 .
ja//geu.ro*m/si.ja.kap.ssi.da
那我們開始吧。

숙제를 잊지 마세요 .
suk.jje.reul/it.jji/ma.se.yo
別忘了寫作業。

월요일에 만나요 .
wo.ryo.i.re/man.na.yo
星期一見。

必學收藏句 - 上課用語2

숙제가 뭐예요 ?
suk.jje.ga/mwo.ye.yo
作業是什麼 ?

정답이 뭐예요 ?
jo*ng.da.bi/mwo.ye.yo
正解是什麼 ?

지금 몇 페이지죠 ?
ji.geum/myo*t/pe.i.ji.jyo
現在是第幾頁 ?

이게 무슨 뜻이죠 ?
i.ge/mu.seun/deu.si.jyo
這是什麼意思 ?

질문 있나요 ?
jil.mun/in.na.yo
有問題嗎 ?

누가 먼저 읽을래 ?
nu.ga/mo*n.jo*/il.geul.le*
誰要先念 ?

Unit06 興趣與嗜好

스포츠를 좋아해요 .
seu.po.cheu.reul/jjo.a.he*.yo
我喜歡體育運動。

情境會話

A : 이번 공연에서 피아노 치는 사람이 나예요 .
i.bo*n/gong.yo*.ne.so*/pi.a.no/chi.neun/sa.ra.mi/
na.ye.yo
這次公演彈鋼琴的人是我。

B : 영미 씨는 피아노도 칠 줄 아는군요 .
yo*ng.mi/ssi.neun/pi.a.no.do/chil/jul/a.neun.gu.nyo
原來英美你也會彈鋼琴啊！

A : 내가 피아노 치는 게 취미거든요 .
ne*.ga/pi.a.no/chi.neun/ge/chwi.mi.go*.deu.nyo
彈鋼琴是我的興趣喔！

中文：我的興趣是慢跑。
韓語：제 취미는 조깅입니다.
je/chwi.mi.neun/jo.ging.im.ni.da

替換詞

쇼핑　購物
야구관람　看棒球
음악 감상　聽音樂
마라톤　馬拉松
낚시　釣魚

中文：我對時裝感興趣。
韓語：패션에 흥미가 있어요.
pe*.syo*.ne/heung.mi.ga/i.sso*.yo

替換詞

한국 문화　韓國文化
정치　政治
주식　股票
부동산　房地產
패션 디자인　服裝設計

中文：我在學水彩畫。
韓語：수채화를 배우고 있어요.
su.che*.hwa.reul/be*.u.go/i.sso*.yo

替換詞

탁구를　桌球
수영을　游泳
춤을　舞蹈
태권도를　跆拳道
스페인어를　西班牙語

中文：我很會做菜。
韓語：나는 요리를 잘해요.
na.neun/yo.ri.reul/jjal.he*.yo

替換詞

공부를　讀書
종이접기를　摺紙
청소를　打掃
노래를　唱歌
운동을　運動

必學收藏句 - 興趣

취미가 뭐예요 ?
chwi.mi.ga/mwo.ye.yo
你的興趣是什麼？

우표 수집은 내 취미예요 .
u.pyo/su.ji.beun/ne*/chwi.mi.ye.yo
收集郵票是我的興趣。

요리 프로그램을 잘 봐요 .
yo.ri/peu.ro.geu.re*.meul/jjal/bwa.yo
我很常看料理節目。

요즘 인터넷 게임에 푹 빠졌어요 .
yo.jeum/in.to*.net/ge.i.me/puk/ba.jo*.sso*.yo
我最近愛上了玩網路遊戲。

주말에 뭘 하기를 좋아해요 ?
ju.ma.re/mwol/ha.gi.reul/jjo.a.he*.yo
週末你喜歡做什麼？

나는 악기에 관심이 없어요 .
na.neun/ak.gi.e/gwan.si.mi/o*p.sso*.yo
我對樂器不感興趣。

Unit07 生肖、星座

저는 토끼띠예요 .
jo*.neun/to.gi.di.ye.yo
我屬兔。

情境會話一

A：영미 씨는 무슨 띠예요 ?
yo*ng.mi/ssi.neun/mu.seun/di.ye.yo
英美你屬什麼？

B：저는 용띠예요 .
jo*.neun/yong.di.ye.yo
我屬龍。

A：와 , 올해는 용띠 해잖아요 . 좋겠어요 .
wa//ol.he*.neun/yong.di/he*.ja.na.yo//jo.ke.sso*.yo
哇，今年不就是龍年嗎？好棒喔！

B：준기 씨는요 ?
jun.gi/ssi.neu.nyo
準基你呢？

A：나는 범띠예요.

na.neun/bo*m.di.ye.yo

我屬老虎。

B：우리 오빠도 범띠예요. 저보다 두 살 더 많죠?

u.ri/o.ba.do/bo*m.di.ye.yo//jo*.bo.da/du/sal/do*/man.chyo

我哥也屬虎耶！你比我大兩歲對吧？

A：나는 1986 년생이에요.

na.neun/cho*n.gu.be*k.pal.ssi.byung.nyo*n.se*ng.i.e.yo

我是1986年生的。

情境會話二

A：별자리가 뭐예요?

byo*l.ja.ri.ga/mwo.ye.yo

你是什麼星座？

B：게자리예요.

ge.ja.ri.ye.yo

我是巨蟹座。

A：게자리에 속하는 사람은 배려심이 많다고 들었는데요 .

ge.ja.ri.e/so.ka.neun/sa.ra.meun/be*.ryo*.si.mi/man.ta.go/deu.ro*n.neun.de.yo

聽説巨蟹座的人很會照顧人。

B：난 그런 사람 아니잖아요 .

nan/geu.ro*n/sa.ram/a.ni.ja.na.yo

我不是那種人嘛！

(情境會話三)

A：혈액형이 뭐예요 ?

hyo*.re*.kyo*ng.i/mwo.ye.yo

你的血型是什麼？

B：나는 A 형이에요 .

na.neun/A.hyo*ng.i.e.yo

我是A型。

會話練習區
替換單字或短句後跟著MP3念看看吧！

中文：你的外號是什麼？
韓語：별명이 뭐예요？
byo*l.myo*ng.i/mwo.ye.yo

替換詞

이름이　名字
특기가　長項
직업이　職業
이상형이　理想型
좌우명이　座右銘

中文：你喜歡的季節是什麼？
韓語：좋아하는 계절이 뭐예요？
jo.a.ha.neun/gye.jo*.ri/mwo.ye.yo

替換詞

날씨가　天氣
노래가　歌曲
색깔이　顏色
과목이　科目
동물이　動物

必背私藏單字 - 12星座＆12生肖

12生肖	12星座
鼠띠 **屬鼠** jwi.di	물병자리 **水瓶座** mul.byo*ng.ja.ri
소띠 **屬牛** so.di	물고기자리 **雙魚座** mul.go.gi.ja.ri
범띠 **屬虎** bo*m.di	양자리 **牡羊座** yang.ja.ri
토끼띠 **屬兔** to.gi.di	황소자리 **金牛座** hwang.so.ja.ri
용띠 **屬龍** yong.di	쌍둥이자리 **雙子座** ssang.dung.i.ja.ri
뱀띠 **屬蛇** be*m.di	게자리 **巨蟹座** ge.ja.ri
말띠 **屬馬** mal.di	사자자리 **獅子座** sa.ja.ja.ri
양띠 **屬羊** yang.di	처녀자리 **處女座** cho*.nyo*.ja.ri
원숭이띠 **屬猴** won.sung.i.di	천칭자리 **天秤座** cho*n.ching.ja.ri
닭띠 **屬雞** dak.di	전갈자리 **天蠍座** jo*n.gal.jja.ri
개띠 **屬狗** ge*.di	사수자리 **射手座** sa.su.ja.ri
돼지띠 **屬豬** dwe*.ji.di	염소자리 **魔羯座** yo*m.so.ja.ri

Unit08 喜好飲食

좋아하는 음식이 뭐예요?
jo.a.ha.neun/eum.si.gi/mwo.ye.yo
你喜歡什麼食物？

情境會話一

A：우리 초밥 먹으러 갈까?
u.ri/cho.bap/mo*.geu.ro*/gal.ga
我們去吃生魚片壽司吧。

B：미안. 난 생선회 못 먹어.
mi.an//nan/se*ng.so*n.hwe/mot/mo*.go*
抱歉，我不敢吃生魚片。

A：진짜? 그럼 뭘 좋아해?
jin.jja//geu.ro*m/mwol/jo.a.he*
真的嗎？那你喜歡吃什麼？

B：회사 앞에 새로운 중국집이 생겼는데 거기로 갈까?

hwe.sa/a.pe/se*.ro.un/jung.guk.jji.bi/se*ng.gyo*n.

neun.de/go*.gi.ro/gal.ga

公司前面開了家新的中式料理店，我們去哪裡吃好嗎？

A：오케이 , 난 짜장면을 시킬 거야 .

o.ke.i//nan/jja.jang.myo*.neul/ssi.kil/go*.ya

OK，我要點炸醬麵。

情境會話二

A：매운 걸 잘 드세요 ?

me*.un/go*l/jal/deu.se.yo

您很會吃辣嗎？

B：아니요 . 못 먹어요 .

a.ni.yo//mot/mo*.go*.yo

不，我不敢吃辣。

會話練習區
替換單字或短句後跟著MP3念看看吧！

中文：我想吃韓式料理。
韓語：한식을 **먹고 싶어요.**
han.si.geul/mo*k.go/si.po*.yo

替換詞

일식을　日式料理
중식을　中式料理
떡볶이를　辣炒年糕
라면을　泡麵
피자를　披薩

中文：我喜歡喝可樂。
韓語：콜라**를 좋아해요.**
kol.la.reul/jjo.a.he*.yo

替換詞

사이다　氣水
녹차　綠茶
홍차　紅茶
커피　咖啡
주스　果汁

中文：我不敢吃魚。
韓語：생선을 **못 먹어요.**
se*ng.so*.neul/mot/mo*.go*.yo

替換詞

새우를　蝦
소고기를　牛肉
과일을　水果
생선회를　生魚片
호박을　南瓜

中文：我愛吃酸的。
韓語：나는 신 거 잘 먹어요.
na.neun/sin/go*/jal/mo*.go*.yo

替換詞

나는 단 거 잘 먹어요.　我愛吃甜的。
나는 쓴 거 잘 먹어요.　我愛吃苦的。
나는 매운 거 잘 먹어요.　我愛吃辣的。
나는 짠 거 잘 먹어요.　我愛吃鹹的。
나는 아무거나 잘 먹어요.　我什麼都愛吃。

中文：味道有點甜呢！
韓語：맛이 조금 다네요.

ma.si/jo.geum/da.ne.yo

替換詞

맵네요. 辣
시네요. 酸
짜네요. 鹹
쓰네요. 苦
싱겁네요. 清淡

中文：看起來很好吃。
韓語：맛있어 보여요.

ma.si.sso*/bo.yo*.yo

替換詞

맛없어 보여요. 看起來很難吃。
멋있어 보여요. 看起來很帥。
쉬워 보여요. 看起來很簡單。
비싸 보여요. 看起來很貴。
작아 보여요. 看起來很小。

必學收藏句 - 用餐話題1

배고파 죽겠어요 . 빨리 먹읍시다 .
be*.go.pa/juk.ge.sso*.yo//bal.li/mo*.geup.ssi.da
肚子餓死了，我們快點吃吧。

맛이 어떻습니까 ?
ma.si/o*.do*.sseum.ni.ga
味道怎麼樣？

이건 제 입맛에 안 맞아요 .
i.go*n/je/im.ma.se/an/ma.ja.yo
這個不合我的口味。

너무 느끼한 요리는 좋아하지 않습니다 .
no*.mu/neu.gi.han/yo.ri.neun/jo.a.ha.ji/an.sseum.
ni.da
我不喜歡太油膩的料理。

매일 햄버거 먹는 게 지겨워요 .
me*.il/he*m.bo*.go*/mo*ng.neun/ge/ji.gyo*.wo.yo
我厭倦了每天都吃漢堡。

배가 부르군요 .
be*.ga/bu.reu.gu.nyo
吃飽了。

必學收藏句 - 用餐話題2

먹겠습니다 .
mo*k.get.sseum.ni.da
我開動了。

잘 먹었습니다 .
jal/mo*.go*t.sseum.ni.da
我吃飽了。

어느 것이 맛있나요 ?
o*.neu/go*.si/ma.sin.na.yo
哪一個好吃？

이걸 먹어 보세요 .
i.go*l/mo*.go*/bo.se.yo
你吃吃看這個。

음식은 맛있지만 서비스가 별로 좋지 않군요 .
eum.si.geun/ma.sit.jji.man/so*.bi.seu.ga/byo*l.lo/
jo.chi/an.ku.nyo
東西雖然好吃，服務卻不怎麼好。

김치 만두가 맛있어요 . 한 번 드셔 보세요 .
gim.chi/man.du.ga/ma.si.sso*.yo//han/bo*n/deu.syo*/
bo.se.yo
泡菜水餃很好吃，請品嚐看看。

Unit09 人際關係

친구와 사이가 좋아요 ?
chin.gu.wa/sa.i.ga/jo.a.yo
跟朋友關係好嗎 ?

情境會話

A : 여러분 안녕 ! 난 이번에 전학 온 진혜방이라
고 해 .
yo*.ro*.bun/an.nyo*ng//nan/i.bo*.ne/jo*n.hak/on/jin.
hye.bang.i.ra.go/he*
大家好，我是這次轉學過來的陳慧芳。

B : 반가워 . 좋은 친구가 됐으면 해 .
ban.ga.wo//jo.eun/chin.gu.ga/dwe*.sseu.myo*n/he*
很高興認識你，希望能成為好朋友。

A : 고마워 . 앞으로 잘 부탁해 .
go.ma.wo//a.peu.ro/jal/bu.ta.ke*
謝謝，以後多指教。

會話練習區
替換單字或短句後跟著MP3念看看吧！

中文：你認識那個人**嗎？**
韓語：그 사람을 **알아요？**
geu/sa.ra.meul/a.ra.yo

替換詞

나를　我
민지 씨를　玟志
김 사장님을　金社長
최 선생님을　崔老師
우리 오빠를　我哥哥

中文：我昨天和朋友們**吵架了。**
韓語：어제 친구들**이랑 싸웠어요．**
o*.je/chin.gu.deu.ri.rang/ssa.wo.sso*.yo

替換詞

엄마랑　和媽媽
형이랑　和哥哥
남자친구랑　和男朋友
남편과　和老公
친한 친구와　和好朋友

必背私藏單字 - 家族關係

長輩親屬	晚輩親屬
아버지 **父親** a.bo*.ji	아들 **兒子** a.deul
어머니 **母親** o*.mo*.ni	딸 **女兒** dal
시아버지 **公公** si.a.bo*.ji	손자 **孫子** son.ja
시어머니 **婆婆** si.o*.mo*.ni	손녀 **孫女** son.nyo*
장인 **岳父** jang.in	외손자 **外孫子** we.son.ja
장모 **岳母** jang.mo	외손녀 **外孫女** we.son.nyo*
할머니 **奶奶** hal.mo*.ni	며느리 **媳婦** myo*.neu.ri
할아버지 **爺爺** ha.ra.bo*.ji	사위 **女婿** sa.wi
외할아버지 **外公** we.ha.ra.bo*.ji	조카 **姪兒** jo.ka
외할머니 **外婆** we.hal.mo*.ni	맏딸 **大女兒** mat.dal

必背私藏單字 - 工作夥伴＆朋友關係

工作夥伴	朋友關係
동료 同事 dong.nyo	동창 同學 dong.chang
상사 上司 sang.sa	룸메이트 室友 rum.me.i.teu
부하 部下 bu.ha	반 친구 班上同學 ban/chin.gu
선배 前輩 so*n.be*	대학 선배 大學學長（姊） de*.hak/so*n.be*
후배 後輩 hu.be*	대학 후배 大學學弟（妹） de*.hak/hu.be*
직원 職員 ji.gwon	형제 兄弟 hyo*ng.je
고용주 雇主 go.yong.ju	친구 朋友 chin.gu
고용인 雇員 go.yong.in	옛 친구 老朋友 yet/chin.gu
조장 組長 jo.jang	친한 친구 好朋友 chin.han/chin.gu
조원 組員 jo.won	친구사이 朋友關係 chin.gu.sa.i

Unit10 個人健康

몸은 좀 어떠세요 ?
mo.meun/jom/o*.do*.se.yo
身體狀況如何 ?

情境會話一

A : 다이어트를 해 본 적이 있나요 ?
da.i.o*.teu.reul/he*/bon/jo*.gi/in.na.yo
你有減過肥嗎 ?

B : 당연히 있죠 .
dang.yo*n.hi/it.jjyo
當然有囉 !

A : 몇 킬로 뺐어요 ?
myo*t/kil.lo/be*.sso*.yo
減了幾公斤 ?

B : 5 킬로 정도 뺀 것 같아요 .
o.kil.lo/jo*ng.do/be*n/go*t/ga.ta.yo
好像減了5公斤。

情境會話二

A：담배를 피나요?
dam.be*.reul/pi.na.yo
你抽菸嗎?

B：아니요. 입에 대 본 적도 없거든요.
a.ni.yo//i.be/de*/bon/jo*k.do/o*p.go*.deu.nyo
沒有,我的嘴巴連菸都沒碰過耶。

情境會話三

A：시력이 어떻게 되요?
si.ryo*.gi/o*.do*.ke/dwe.yo
你的視力如何?

B：시력이 조금 나빠요. 0.3 정도요.
si.ryo*.gi/jo.geum/na.ba.yo//yo*ng.jo*m.sam.jo*ng.
do.yo
視力有點差,大概是0.3左右。

中文：頭痛。
韓語：머리가 **아파요.**
mo*.ri.ga/a.pa.yo

替換詞

이가　牙齒
배가　肚子
다리가　腿
팔이　手臂
몸이　身體

中文：我去了趟齒科。
韓語：치과 **에 갔다왔어요.**
chi.gwa.e/gat.da.wa.sso*.yo

替換詞

피부과　皮膚科
소아과　小兒科
산부인과　婦產科
내과　內科
외과　外科

中文：請給我量車藥。
韓語：멀미약을 **주세요**.

mo*l.mi.ya.geul/jju.se.yo

替換詞

진통제를	止痛藥
해열제를	退燒藥
두통약을	頭痛藥
비타민을	維他命
파스를	貼布

中文：手受傷了。
韓語：손을 **다쳤어요**.

so.neul/da.cho*.sso*.yo

替換詞

무릎을	膝蓋
발을	腳
손가락을	手指頭
머리를	頭
허리를	腰

必學收藏句 - 症狀

목이 아파요 .
mo.gi/a.pa.yo
喉嚨痛。

발을 삐었어요 .
ba.reul/bi.o*.sso*.yo
腳扭到了。

저는 여기가 아파요 .
jo*.neun/yo*.gi.ga/a.pa.yo
我這裡會痛。

화상을 입었어요 .
hwa.sang.eul/i.bo*.sso*.yo
燙傷了。

코가 막혔어요 .
ko.ga/ma.kyo*.sso*.yo
鼻塞了。

열이 있고 , 목이 아프고 , 콧물이 나와요 .
yo*.ri/it.go//mo.gi/a.peu.go//kon.mu.ri/na.wa.yo
發燒、喉嚨痛又流鼻水。

必背私藏單字 - 疾病

常見疾病	眼耳鼻口皮膚疾病
독감 **流行性感冒** dok.ga	노안 **老花眼** no.an
폐렴 **肺炎** pye.ryo*m	백내장 **白內障** be*ng.ne*.jang
변비 **便秘** byo*n.bi	다래끼 **針眼** da.re*.gi
설사 **腹瀉** so*l.sa	난청 **重聽** nan.cho*ng
식중독 **食物中毒** sik.jjung.dok	코피 **鼻血** ko.pi
위염 **胃炎** wi.yo*m	이명증 **耳鳴** i.myo*ng.jeung
당뇨병 **糖尿病** dang.nyo.byo*ng	치통 **牙痛** chi.tong
뇌진탕 **腦震盪** nwe.jin.tang	충치 **蛀牙** chung.chi
우울증 **憂鬱症** u.ul.jeung	화상 **燒燙傷** hwa.sang
골절 **骨折** gol.jo*l	물집 **水泡** mul.jip

Unit11 日常生活

오늘 뭐 했어요?
o.neul/mwo/he*.sso*.yo
今天你在做什麼?

情境會話一

A：보통 몇 시에 일어나요?
bo.tong/myo*t/si.e/i.ro*.na.yo
你一般幾點起床呢?

B：출근하는 날이면 보통 아침 7 시 반에 일어나요.
chul.geun.ha.neun/na.ri.myo*n/bo.tong/a.chim/il.gop.
ssi/ba.ne/i.ro*.na.yo
如果要上班,我通常早上七點半起床。

A：주말은요?
ju.ma.reu.nyo
週末呢?

B：주말엔 할 일 없어도 9시 전에는 꼭 일어나요.
ju.ma.ren/hal/il/o*p.sso*.do/a.hop.ssi/jo*.ne.neun/gok/
i.ro*.na.yo

週末就算沒事做，九點以前也一定會起床。

情境會話二

A：보통 퇴근 시간이 되면 그냥 집에 가요?
bo.tong/twe.geun/si.ga.ni/dwe.myo*n/geu.nyang/ji.be/
ga.yo

你通常下班後就直接回家嗎？

B：잔업 안 하면 동료들이랑 저녁을 먹고 돌아가
요.
ja.no*p/an/ha.myo*n/dong.nyo.deu.ri.rang/jo*.nyo*.
geul/mo*k.go/do.ra.ga.yo

如果不加班的話，我會跟同事一起吃晚餐再回去。

情境會話三

A：뭐 해?
mwo/he*

在做什麼？

B：숙제 하고 있어.
suk.jje/ha.go/i.sso*

我在寫作業。

A : 저녁 먹었어 ?

jo*.nyo*k/mo*.go*.sso*

晚餐吃了嗎？

B : 짜장면을 시켜 먹었어 .

jja.jang.myo*.neul/ssi.kyo*/mo*.go*.sso*

我叫外送炸醬麵吃了。

A : 또 먹을래 ? 난 지금 먹으러 나갈 거야 .

do/mo*.geul.le*//nan/ji.geum/mo*.geu.ro*/na.gal/go*.

ya

還要吃嗎？我現在要出去吃東西。

情境會話四

A : 운동하는 습관을 갖고 있나요 ?

un.dong.ha.neun/seup.gwa.neul/gat.go/in.na.yo

你有運動的習慣嗎？

B : 네 , 난 일주일에 세 번씩 공원에서 조깅을 해
요 .

ne//nan/il.ju.i.re/se/bo*n.ssik/gong.wo.ne.so*/jo.ging.

eul/he*.yo

有，我一週三次會在公園慢跑。

會話練習區
替換單字或短句後跟著MP3念看看吧！

中文：昨天晚上11點就睡了。
韓語：어제 밤 11 시에 잤어요.
o*.je/bam/yo*l.han/si.e/ja.sso*.yo

替換詞

아침 여덟 시　早上八點
점심 열두 시　中午十二點
저녁 여섯 시　晚上六點
오후 세 시　下午三點
밤 열두 시　晚上十二點

中文：今天晚上在韓式料理店用餐了。
韓語：오늘 저녁에 한식집에서 식사했어요.
o.neul/jjo*.nyo*.ge/han.sik.jji.be.so*/sik.ssa.he*.sso*.
yo

替換詞

도서관에서 공부했어요.　在圖書館念書了
친구 집에서 숙제했어요.　在朋友家寫作業了
집에서 요리했어요.　在家裡做菜了
백화점에서 쇼핑했어요.　在百貨公司購物了
커피숍에서 친구를 만났어요.　在咖啡廳見朋友了

必學收藏句 - 家庭生活

물이 끓었어요 .
mu.ri/geu.ro*.sso*.yo
水滾了。

엄마 , 불 좀 꺼 주세요 .
o*m.ma//bul/jom/go*/ju.se.yo
媽，幫我關燈。

청소 좀 도와줄래 ?
cho*ng.so/jom/do.wa.jul.le*
可以幫忙打掃嗎？

나는 자러 갈래요 .
na.neun/ja.ro*/gal.le*.yo
我要去睡了。

좀 더 먹을래 ?
jom/do*/mo*.geul.le*
你還要再吃嗎？

나는 배 불러요 .
na.neun/be*/bul.lo*.yo
我吃飽了。

Unit12 信仰、政治理念

어느 당을 지지하세요？
o*.neu/dang.eul/jji.ji.ha.se.yo
你支持哪個黨派？

情境會話一

A：이번 대통령 선거는 투표할 수 있어？
i.bo*n/de*.tong.nyo*ng/so*n.go*.neun/tu.pyo.hal/ssu/
i.sso*
這次的總統大選你可以投票嗎？

B：아니요, 아직 고등학생이라서 투표권이 없어요.
a.ni.yo/a.jik/go.deung.hak.sse*ng.i.ra.so*/tu.pyo.
gwo.ni/o*p.sso*.yo
不行，我還是高中生，沒有投票權。

A：그럼 어느 후보를 지지해？
geu.ro*m/o*.neu/hu.bo.reul/jji.ji.he*
那你支持哪個候選人？

B：여성 후보를 지지하고 싶어요.
yo*.so*ng/hu.bo.reul/jji.ji.ha.go/si.po*.yo
我想支持女性候選人。

A：나도 박근혜 후보가 대선에서 이겼으면 좋겠다.
na.do/bak.geun.hye/hu.bo.ga/de*.so*.ne.so*/i.gyo*.
sseu.myo*n/jo.ket.da
我也希望朴槿惠候選人可以打贏選戰。

情境會話二

A：민준 씨, 무슨 종교 믿으세요?
min.jun/ssi//mu.seun/jong.gyo/mi.deu.se.yo
民俊，你信什麼宗教。

B：난 예수님 믿어요.
nan/ye.su.nim/mi.do*.yo
我信耶穌。

中文：我信基督教。
韓語：저는 기독교를 믿어요.

jo*.neun/gi.dok.gyo.reul/mi.do*.yo

替換詞

불교　佛教
도교　道教
천주교　天主教
힌두교　印度教
이슬람교　伊斯蘭教

中文：你去教會一般會做什麼？
韓語：교회에 가면 보통 뭐 해요？

gyo.hwe.e/ga.myo*n/bo.tong/mwo/he*.yo

替換詞

운동장　運動場
집　回家
시골　鄉下
산　山上
바다　海邊

必學收藏句 - 政治與信仰

제가 지지하는 분은 떨어졌어요 .
je.ga/ji.ji.ha.neun/bu.neun/do*.ro*.jo*.sso*.yo
我支持的人落選了。

내가 지지하는 후보가 이겼어요 .
ne*.ga/ji.ji.ha.neun/hu.bo.ga/i.gyo*.sso*.yo
我支持的候選人選上了。

난 정치에 대해 관심 없어요 .
nan/jo*ng.chi.e/de*.he*/gwan.sim/o*p.sso*.yo
我對政治不感興趣。

투표 하러 갈 때 신분증 잊지 마세요 .
tu.pyo/ha.ro*/gal/de*/sin.bun.jeung/it.jji/ma.se.yo
去投票時，不要忘了帶身分證。

신앙이 있어요 ?
si.nang.i/i.sso*.yo
你有信仰嗎？

저는 아무 신앙도 없어요 .
jo*.neun/a.mu/si.nang.do/o*p.sso*.yo
我沒有任何信仰。

私 藏 韓 語

나만의 한국어 회화책

會 話 學 習 書

聊天話題篇

Unit01 戀愛與婚姻

나랑 결혼해 줄래요 ?
na.rang/gyo*l.hon.he*/jul.le*.yo
你願意和我結婚嗎 ?

情境會話一

A : 요즘 사귀는 사람 있어요 ?
yo.jeum/sa.gwi.neun/sa.ram/i.sso*.yo
你最近有交往的對象嗎 ?

B : 예 , 얼마 전에 남자 친구 생겼어요 .
ye//o*l.ma/jo*.ne/nam.ja/chin.gu/se*ng.gyo*.sso*.yo
有，不久前交了個男朋友。

A : 진짜요 ? 왜 말 안 했어요 ? 어떻게 알게 됐는 지요 ?
jin.jja.yo//we*/mal/an/he*.sso*.yo//o*.do*.ke/al.ge/
dwe*n.neun.ji.yo
真的嗎 ? 你怎麼沒説 ? 怎麼認識的 ?

B：소개팅에서요.
so.ge*.ting.e.so*.yo
相親認識的。

A：남친 사진 있어요 ? 빨리 보여 줘요.
nam.chin/sa.jin/i.sso*.yo//bal.li/bo.yo*/jwo.yo
有你男朋友的照片嗎 ? 快給我看看。

B：회식 끝나면 여기로 올 거예요. 그때 봐요.
hwe.sik/geun.na.myo*n/yo*.gi.ro/ol/go*.ye.yo//geu.
de*/bwa.yo
聚餐結束後，他會來這裡。那時候你再看。

情境會話二

A：네 남친은 어떤 사람이야 ? 정말 궁금해.
ni/nam.chi.neun/o*.do*n/sa.ra.mi.ya//jo*ng.mal/gung.
geum.he*
你男朋友是怎麼樣的人啊 ? 很想知道。

B：부지럽고 성실한 사람이야. 나한테도 잘 해
주고.
bu.ji.ro*p.go/so*ng.sil.han/sa.ra.mi.ya//na.han.te.do/
jal/he*/ju.go
勤勞又誠實的人，對我也很好。

A : 괜찮은 남자네 . 어떻게 생겼어 ?

gwe*n.cha.neun/nam.ja.ne//o*.do*.ke/se*ng.gyo*.
sso*

還不錯的男生，長得怎麼樣？

B : 키도 크고 얼굴도 잘 생겼어 . 근데 요즘 좀 살
쪘어 .

ki.do/keu.go/o*l.gul.do/jal/sse*ng.gyo*.sso*//geun.de/
yo.jeum/jom/sal.jjo*.sso*

個子高，也長得帥。只是最近有點變胖了。

情境會話三

A : 이게 우리 청첩장이야 .

i.ge/u.ri/cho*ng.cho*p.jjang.i.ya

這是我們的喜帖。

B : 너 결혼해 ? 결혼식은 언제야 ?

no*/gyo*l.hon.he*//gyo*l.hon.si.geun/o*n.je.ya

你要結婚了？結婚典禮是什麼時候啊？

A : 다음 달 20 일이야 . 꼭 와 .

da.eum/dal/i.si.bi.ri.ya/gok/wa

下個月20號，一定要來喔！

會話練習區
替換單字或短句後跟著MP3念看看吧！

中文：交往有一年了。
韓語：**사귄 지 일년이 됐어요.**
sa.gwin/ji/il.lyo*.ni/dwe*.sso*.yo

替換詞

한 달　一個月
삼개월　三個月
반년　半年
십년　十年
얼마 안　沒多久

中文：你喜歡我嗎？
韓語：**나를 좋아해요?**
na.reul/jjo.a.he*.yo

替換詞

사랑해요?　你愛我嗎？
싫어해요?　你討厭我嗎？
어떻게 생각해요?　你覺得我怎麼樣？
잊지 마세요.　不要忘了我。
도와주세요.　請幫幫我吧。

必學收藏句 - 戀愛話題1

우리 헤어졌어요 .
u.ri/he.o*.jo*.sso*.yo
我們分手了。

남친에게 차였어 .
nam.chi.ne.ge/cha.yo*.sso*
我被男朋友甩了。

그가 바람 피웠어 .
geu.ga/ba.ram/pi.wo.sso*
他劈腿了。

딱 내 이상형이야 .
dak/ne*/i.sang.hyo*ng.i.ya
正是我的理想型呢！

난 나쁜 남자를 좋아하는구나 .
nan/na.beun/nam.ja.reul/jjo.a.ha.neun.gu.na
原來我喜歡壞男人啊！

걔는 완전 신사였어 .
gye*.neun/wan.jo*n/sin.sa.yo*.sso*
他超級紳士。

必學收藏句 - 戀愛話題2

걔는 나한테 관심 없어 .
gye*.neun/na.han.te/gwan.sim/o*p.sso*
他對我沒興趣。

나는 그를 영원히 사랑할 거야 .
na.neun/geu.reul/yo*ng.won.hi/sa.rang.hal/go*.ya
我會永遠愛他。

첫 눈에 사랑에 빠졌다 .
cho*t/nu.ne/sa.rang.e/ba.jo*t.da
一見鍾情了。

사랑은 나이와 상관없다 .
sa.rang.eun/na.i.wa/sang.gwa.no*p.da
愛與年齡無關。

야 , 여자 친구 잘 사귀려면 어떻게 해야 해 ?
ya//yo*.ja/chin.gu/jal/ssa.gwi.ryo*.myo*n/o*.do*.ke/
he*.ya/he*
喂，想好好交個女朋友的話，該怎麼做 ?

너희 들이 어떻게 사귀게 됐어 ?
no*.hi/du.ri/o*.do*.ke/sa.gwi.ge/dwe*.sso*
你們兩個怎麼會交往的 ?

必學收藏句 - 告白 & 求婚

나랑 데이트할래?
na.rang/de.i.teu.hal.le*
你要不要跟我約會?

우리 결혼하자.
u.ri/gyo*l.hon.ha.ja
我們結婚吧!

난 만나는 사람 있어.
nan/man.na.neun/sa.ram/i.sso*
我有交往的對象。

생각할 시간이 필요해.
se*ng.ga.kal/ssi.ga.ni/pi.ryo.he*
我需要時間考慮。

내년에 그녀와 결혼 할 거야.
ne*.nyo*.ne/geu.nyo*.wa/gyo*l.hon/hal/go*.ya
明年我要和她結婚。

마음에 두고 있는 사람이 있어.
ma.eu.me/du.go/in.neun/sa.ra.mi/i.sso*
我有喜歡的人了。

必學收藏句 - 分手

지금 헤어지자는 거야?
ji.geum/he.o*.ji.ja.neun/go*.ya
你現在是要提分手嗎？

다른 남자 생겼어?
da.reun/nam.ja/se*ng.gyo*.sso*
你有別的男人了？

걔랑 연락이 끊어졌어.
gye*.rang/yo*l.la.gi/geu.no*.jo*.sso*
我沒跟他連絡了。

우리는 파혼했어.
u.ri.neun/pa.hon.he*.sso*
我們解除婚約了。

왜 헤어졌어?
we*/he.o*.jo*.sso*
你為什麼分手？

결혼은 나한테 안 맞아.
gyo*l.ho.neun/na.han.te/an/ma.ja
結婚不適合我。

必背私藏單字 - 情侶 & 夫妻

情侶	夫妻
남자친구 男朋友 nam.ja.chin.gu	신랑 新郎 sil.lang
여자친구 女朋友 yo*.ja.chin.gu	신부 新娘 sin.bu
연인 戀人 yo*.nin	유부남 有婦之夫 yu.bu.nam
애인 愛人 e*.in	유부녀 有夫之婦 yu.bu.nyo*
커플 情侶 ko*.peul	약혼자 未婚夫 ya.kon.ja
첫사랑 初戀 cho*t.ssa.rang	약혼녀 未婚妻 ya.kon.nyo*
짝사랑 單戀 jjak.ssa.rang	결혼식 結婚典禮 gyo*l.hon.sik
고백하다 告白 go.be*.ka.da	신혼집 新婚房 sin.hon.jip
키스하다 接吻 ki.seu.ha.da	결혼 結婚 gyo*l.hon
헤어지다 分手 he.o*.ji.da	이혼 離婚 i.hon

Unit02 休閒

주말에 같이 등산이나 할까요 ?
ju.ma.re/ga.chi/deung.sa.ni.na/hal.ga.yo
周末要不要一起去爬山？

情境會話一

A : 이번 주말에 뭐 할 거예요 ?
i.bo*n/ju.ma.re/mwo/hal/go*.ye.yo
這個週末你要做什麼？

B : 날씨가 좋으면 가족들이랑 소풍 가려고요 .
nal.ssi.ga/jo.eu.myo*n/ga.jok.deu.ri.rang/so.pung/
ga.ryo*.go.yo
天氣好的話，我打算和家人去郊遊。

A : 어디로요 ?
o*.di.ro.yo
去哪裡？

B：서울경마공원이요 . 지금 벚꽃축제가 있다고
들었어요 .

so*.ul.gyo*ng.ma.gong.wo.ni.yo//ji.geum/bo*t.got.
chuk.jje.ga/it.da.go/deu.ro*.sso*.yo

去首爾競馬公園。聽說現在有櫻花季。

A：그래요 ? 우리 가족도 같이 따라가면 안 돼요 ?

geu.re*.yo/u.ri/ga.jok.do/ga.chi/da.ra.ga.myo*n/an/
dwe*.yo

是嗎？我們家也可以一起跟著去嗎？

B：좋죠 . 사람이 많아야 재미있죠 .

jo.chyo//sa.ra.mi/ma.na.ya/je*.mi.it.jjyo

好啊！人多才好玩囉！

情境會話二

A：주말은 잘 보냈어 ?

ju.ma.reun/jal/bo.ne*.sso*

週末過得愉快嗎？

B：너무 피곤했어 . 침대에 눕자마자 잠들었어 .

no*.mu/pi.gon.he*.sso*//chim.de*.e/nup.jja.ma.ja/jam.
deu.ro*.sso*

很累。一躺在床上就睡著了。

A：뭐 했어 ?
mwo/he*.sso*
你做了什麼？

B：고등학교 동창이랑 함께 부산에 놀러 갔어 .
go.deung.hak.gyo/dong.chang.i.rang/ham.ge/bu.sa.
ne/nol.lo*/ga.sso*
我和高中時的同學一起去釜山玩。

A：KTX 로 간 거야 ?
KTX.ro/gan/go*.ya
你們搭KTX去的嗎？

B：아니 . 차로 갔어 .
a.ni//cha.ro/ga.sso*
不是，開車去的。

A：많이 피곤했겠네 .
ma.ni/pi.gon.he*t.gen.ne
那應該很累。

B：넌 놀러 안 갔어 ?
no*n/nol.lo*/an/ga.sso*
你沒出去玩嗎？

A：영어 시험이 있어서 집에서 공부만 했어 .

yo*ng.o*/si.ho*.mi/i.sso*.so*/ji.be.so*/gong.bu.man/
he*.sso

有英文考試，所以待在家裡念書。

情境會話三

A：심심할 때 보통 뭐 해요 ?

sim.sim.hal/de*/bo.tong/mwo/he*.yo

你無聊的時候，一般會做什麼？

B：회사 일이 많아서 심심할 때가 거의 없거든요 .

hwe.sa.i.ri/ma.na.so*/sim.sim.hal/de*.ga/go*.ui/o*p.
go*.deu.nyo

公司的工作很多，幾乎沒有無聊的時候。

A：맨날 일만 해요 ?

me*n.nal/il.man/he*.yo

你每天都只在工作？

B：가끔 퇴근 후에 동료들이랑 농구 해요 .

ga.geum/twe.geun/hu.e/dong.nyo.deu.ri.rang/nong.
gu/he*.yo

偶爾下班後會跟同事一起打籃球。

A：영화 같은 거 안 봐요 ?

yo*ng.hwa/ga.teun/go*/an/bwa.yo

你不看電影的嗎？

B : 여자 친구 있었을 때 자주 보러 갔죠 . 지금은 없어요 .

yo*.ja/chin.gu/i.sso*.sseul/de*/ja.ju/bo.ro*/gat.jjyo//
ji.geu.meun/o*p.sso*.yo

有女朋友的時候，很常去看，現在沒有了。

A : 그래요 . 내일 시간이 있으면 같이 영화 보러 갈래요 ? 꼭 보고 싶은 영화 있거든요 .

geu.re*.yo//ne*.il/si.ga.ni/i.sseu.myo*n/ga.chi/yo*ng.
hwa/bo.ro*/gal.le*.yo//gok/bo.go/si.peun/yo*ng.hwa/
it.go*.deu.nyo

這樣啊！你明天有時間的話，要不要一起去看電影？
我有一部想看的電影。

B : 시간 있어요 . 같이 보러 가요 .

si.gan/i.sso*.yo//ga.chi/bo.ro*/ga.yo

我有時間，一起去看吧。

會話練習區
替換單字或短句後跟著MP3念看看吧！

中文： 韓國語很有趣。
韓語： 한국어는 재미있어요 .
han.gu.go*.neun/je*.mi.i.sso*.yo

替換詞

미끄럼틀은　溜滑梯
뮤지컬 관람은　音樂劇
태권도는　跆拳道
화투는　花牌
장기는　象棋

中文： 空閒時，會看小説。
韓語： 한가할 때는 소설책을 봐요 .
han.ga.hal/de*.neun/so.so*l.che*.geul/bwa.yo

替換詞

드라마를 봐요 .　看連續劇
인터넷을 해요 .　上網
쇼핑을 가요 .　去逛街
집안일을 해요 .　做家事
테니스를 쳐요 .　打網球

必學收藏句 - 運動休閒

우리 집 근처에 수영장이 있어서 좋아요 .
u.ri/jip/geun.cho*.e/su.yo*ng.jang.i/i.sso*.so*/jo.a.yo
我們家附近有游泳池，很不錯。

요즘 시간이 나면 공원에서 조깅을 해요 .
yo.jeum/si.ga.ni/na.myo*n/gong.wo.ne.so*/jo.ging.
eul/he*.yo
最近有時間的話，我會去公園慢跑。

함께 운동하는 게 어때요 ?
ham.ge/un.dong.ha.neun/ge/o*.de*.yo
我們一起運動，好嗎？

이번 주말에 시간 있으면 같이 테니스 칠까요 ?
i.bo*n/ju.ma.re/si.gan/i.sseu.myo*n/ga.chi/te.ni.seu/
chil.ga.yo
這個周末你有時間的話，要不要一起打網球？

어제 선배와 같이 탁구를 쳤어요 .
o*.je/so*n.be*.wa/ga.chi/tak.gu.reul/cho*.sso*.yo
昨天和前輩一起打了桌球。

저는 야구를 할 줄 몰라요 .
jo*.neun/ya.gu.reul/hal/jjul/mol.la.yo
我不會打棒球。

必學收藏句 - 玩樂休閒

한가할 때 보통 뭘 하세요 ?
han.ga/hal/de*/bo.tong/mwol/ha.se.yo
你空閒的時候一般會做什麼？

어디로 휴가를 가셨어요 ?
o*.di.ro/hyu.ga.reul/ga.syo*.sso*.yo
您去哪度假了？

벚꽃을 구경하러 가자 .
bo*t.go.cheul/gu.gyo*ng.ha.ro*/ga.ja
我們去賞櫻吧！

단풍 축제가 있는데 놀러 갑시다 .
dan.pung/chuk.jje.ga/in.neun.de/nol.lo*/gap.ssi.da
有楓葉季，我們去玩吧！

내일 날씨가 좋으면 소풍 가자 .
ne*.il/nal.ssi.ga/jo.eu.myo*n/so.pung/ga.ja
明天天氣好的話，我們去郊遊吧！

주말에 비가 오면 집에서 영화를 볼 거예요 .
ju.ma.re/bi.ga/o.myo*n/ji.be.so*/yo*ng.hwa.reul/bol/
go*.ye.yo
如果週末下雨的話，我就在家看電影。

Unit03 追星

오빠 , 사랑해요 !
o.ba//sa.rang.he*.yo
哥，我愛你！

情境會話一

A：지금 근석 오빠가 공항에 있대 .
ji.geum/geun.so*k/o.ba.ga/gong.hang.e/it.de*
聽說現在根碩哥在機場耶！

B：뭐 ? 벌써 도착했어 ?
mwo//bo*l.sso*/do.cha.ke*.sso*
什麼？已經到了嗎？

A：민정이가 방금 공항에서 근석 오빠를 봤대 .
min.jo*ng.i.ga/bang.geum/gong.hang.e.so*/geun.
so*k/o.ba.reul/bwat.de*
敏靜說剛才在機場看到根碩哥了。

B：빨리 택시 잡아 .
bal.li/te*k.ssi/ja.ba
快攔計程車。

A：왜?

we*

為什麼？

B：우리도 빨리 가야지.

u.ri.do/bal.li/ga.ya.ji

我們也要趕快去囉！

A：그래. 오빠가 묵을 호텔도 알아 볼게.

geu.re*//o.ba.ga/mu.geul/ho.tel.do/a.ra/bol.ge

好，我也打聽看看哥哥住哪間飯店。

情境會話二

A：소녀시대의 노래를 좋아해요?

so.nyo*.si.de*.ui/no.re*.reul/jjo.a.he*.yo

你喜歡少女時代的歌嗎？

B：완전 좋아해요. 내가 제일 좋아하는 그룹인
데요.

wan.jo*n/jo.a.he*.yo//ne*.ga/je.il/jo.a.ha.neun/geu.
ru.bin.de.yo

超級喜歡，那是我最喜歡的團體。

會話練習區
替換單字或短句後跟著MP3念看看吧！

中文：根碩哥，你好帥！
韓語：근석 오빠, 멋있어요.
geun.so*k/o.ba//mo*.si.sso*.yo

替換詞

현빈	玄彬
민호	敏鎬
태민	泰民
성규	星圭
재중	在中

中文：哥哥，幫我簽名。
韓語：오빠, 사인해 주세요.
o.ba//sa.in.he*/ju.se.yo

替換詞

팬이에요.	我是你的粉絲
너무 보고 싶어요.	我好想你
빨리 대만에 오세요.	快點來台灣
생일 축하해요.	生日快樂
선물 받으세요.	請收下禮物

必學收藏句 - 追星用語1

오빠 , 보고 싶어 죽겠어요 .
o.ba//bo.go/si.po*/juk.ge.sso*.yo
哥哥，我想死你了。

오빠 , 사인 받을 수 있나요 ?
o.ba//sa.in/ba.deul/ssu/in.na.yo
哥哥，可以跟你要簽名嗎？

난 꼭 한국에 가서 오빠를 찾을 거예요 .
nan/gok/han.gu.ge/ga.so*/o.ba.reul/cha.jeul/go*.
ye.yo
我一定會去韓國找哥哥你的。

오빠 웃는 모습이 참 멋있어요 .
o.ba/un.neun/mo.seu.bi/cham/mo*.si.sso*.yo
哥哥笑得模樣真帥。

오빠를 위해 한국어를 배우고 있어요 .
o.ba.reul/wi.he*/han.gu.go*.reul/be*.u.go/i.sso*.yo
為了哥哥你，我正在學習韓國語。

오빠 , 언제쯤에 대만에 올 수 있어요 ? 기다릴게
요 .
o.ba//o*n.je.jjeu.me/de*.ma.ne/ol/su/i.sso*.yo//gi.da.
ril.ge.yo
哥哥，你什麼時候可以來台灣？我會等你。

必學收藏句 - 追星用語2

오빠 , 오늘도 화이팅 ! 사랑해요 .
o.ba//o.neul.do/hwa.i.ting//sa.rang.he*.yo
哥哥，你今天也要加油！愛你喔！

오빠 , 아프지 말고 건강하세요 .
o.ba//a.peu.ji/mal.go/go*n.gang.ha.se.yo
哥哥，不要生病，要健健康康的喔！

언니 , 너무 예뻐요 .
o*n.ni//no*.mu/ye.bo*.yo
姊姊，你好美。

오빠들 사랑해요 .
o.ba.deul/ssa.rang.he*.yo
哥哥們，我愛你們。

오빠 , 같이 사진 찍어도 돼요 ?
o.ba//ga.chi/sa.jin/jji.go*.do/dwe*.yo
哥哥，可以跟你一起拍張照嗎？

꼭 한 번 만나고 싶었어요 .
gok/han/bo*n/man.na.go/si.po*.sso*.yo
我一直很想見見你。

必背私藏單字 - 追星單字

歌迷	明星
팬 粉絲 pe*n	연예인 藝人 yo*.nye.in
팬클럽 粉絲俱樂部 pe*n.keul.lo*p	배우 演員 be*.u
싸인 시디 簽名CD ssa.in/si.di	가수 歌手 ga.su
포스터 海報 po.seu.to*	주인공 主角 ju.in.gong
사진집 寫真集 sa.jin.jip	스타 明星 seu.ta
팬 레터 粉絲信 pe*n/re.to*	그룹 團體 geu.rup
이벤트 活動 i.ben.teu	드라마 連續劇 deu.ra.ma
콘서트 演唱會 kon.so*.teu	영화 電影 yo*ng.hwa
싸인회 簽名會 ssa.in.hwe	타이틀곡 主打歌 ta.i.teul.gok
시사회 首映會 si.sa.hwe	뮤직비디오 音樂影片 myu.jik.bi.di.o

必背私藏單字 - 韓國藝人

歌星		演員	
동방신기	東方神起 dong.bang.sin.gi	박유천	樸有天 ba.gyu.cho*n
신화	神話 sin.hwa	윤은혜	尹恩惠 yu.neun.hye
백지영	白智英 be*k.jji.yo*ng	장근석	張根碩 jang.geun.so*k
김현중	金賢重 gim.hyo*n.jung	공효진	孔孝真 gong.hyo.jin
이홍기	李洪基 i.hong.gi	김남주	金南珠 gim.nam.ju
소녀시대	少女時代 so.nyo*.si.de*	이민호	李敏鎬 i.min.ho
김종국	金鐘國 gim.jong.guk	현빈	玄彬 hyo*n.bin
정용화	鄭容和 jo*ng.yong.hwa	주원	周元 ju.won
김현아	金泫雅 gim.hyo*.na	장동건	張東健 jang.dong.go*n
이승기	李昇基 i.seung.gi	소지섭	蘇志燮 so.ji.so*p

Unit04 音樂與舞蹈

뮤지컬을 좋아합니까?
myu.ji.ko*.reul/jjo.a.ham.ni.ga
你喜歡音樂劇嗎?

情境會話

A : 나랑 함께 춤 출래요?
na.rang/ham.ge/chum/chul.le*.yo
你要跟我一起跳舞嗎?

B : 그러고 싶은데 춤 못 춰요.
geu.ro*.go/si.peun.de/chum/mot/chwo.yo
我想跳,可是我不會跳舞。

A : 가르쳐 줄게요. 이리 와요.
ga.reu.cho*/jul.ge.yo//i.ri/wa.yo
我教你,你過來這裡。

會話練習區
替換單字或短句後跟著MP3念看看吧！

中文： 我會彈鋼琴。
韓語： 피아노를 칠 수 있어요.
pi.a.no.reul/chil/su/i.sso*.yo

替換詞

오르간을 칠 수 있어요.　我會彈風琴
바이올린을 켤 수 있어요.　我會拉小提琴
북을 칠 수 있어요.　我會打鼓
하프를 연주할 수 있어요.　我會演奏豎琴
기타를 칠 수 있어요.　我會彈吉他

中文： 我想學跳舞。
韓語： 춤을 배우고 싶어요.
chu.meul/be*.u.go/si.po*.yo

替換詞

사교 댄스를　社交舞
스트리트 댄스를　街舞
요가를　瑜珈
수영을　游泳
스키를　滑雪

必學收藏句 - 音樂＆歌曲

피리를 못 불어요 .
pi.ri.reul/mot/bu.ro*.yo
我不會吹笛子。

이 노래의 가사가 마음에 들어요 .
i/no.re*.ui/ga.sa.ga/ma.eu.me/deu.ro*.yo
我喜歡這首歌的歌詞。

재즈 음악을 좋아해요 .
je*.jeu/eu.ma.geul/jjo.a.he*.yo
我喜歡爵士樂。

평소에 클래식 음악을 안 들어요 .
pyo*ng.so.e/keul.le*.sik/eu.ma.geul/an/deu.ro*.yo
我平時不聽古典樂。

어떤 음악을 좋아합니까 ?
o*.do*n/eu.ma.geul/jjo.a.ham.ni.ga
你喜歡什麼音樂？

지금 신곡을 듣고 있어요 .
ji.geum/sin.go.geul/deut.go/i.sso*.yo
我在聽新歌。

必背私藏單字 - 音樂＆舞蹈

音樂	舞蹈
클래식 **古典音樂** keul.le*.sik	발레 **芭蕾舞** bal.le
교향곡 **交響樂** gyo.hyang.gok	재즈 댄스 **爵士舞** je*.jeu/de*n.seu
관현악 **管弦樂** gwan.hyo*.nak	탱고 **探戈** te*ng.go
독주곡 **獨奏曲** dok.jju.gok	삼바 **桑巴舞** sam.ba
전통음악 **傳統音樂** jo*n.tong.eu.mak	블루스 **布魯斯舞** beul.lu.seu
서양음악 **西洋音樂** so*.yang.eu.mak	힙합 **嘻哈** hi.pap
헤비메탈 **重金屬樂** he.bi.me.tal	라틴 댄스 **拉丁舞** ra.tin/de*n.seu
합창단 **合唱團** hap.chang.dan	디스코 **迪斯科** di.seu.ko
음악회 **音樂會** eu.ma.kwe	탭댄스 **踢踏舞** te*p.de*n.seu
연주회 **演奏會** yo*n.ju.hwe	에어로빅 **健身操** e.o*.ro.bik

Unit05 電影

어떤 영화를 좋아하세요 ?
o*.do*n/yo*ng.hwa.reul/jjo.a.ha.se.yo
你喜歡什麼樣的電影？

情境會話一

A：어제 뭐 했어 ?
o*.je/mwo/he*.sso*
你昨天在做什麼 ？

B：남자친구랑 저녁도 먹고 영화도 봤어 .
nam.ja.chin.gu.rang/jo*.nyo*k.do/mo*k.go/yo*ng.hwa.
do/bwa.sso*
昨天和男朋友一起吃晚餐看電影。

A：무슨 영화를 봤어 ?
mu.seun/yo*ng.hwa.reul/bwa.sso*
看了什麼電影 ？

B：' 여고괴담 ' 이라는 공포 영화 봤어 .

yo*.go.gwe.da.mi.ra.neun/gong.po/yo*ng.hwa/bwa.sso*

看了《女高怪談》的恐怖電影。

A：재미있었어 ?

je*.mi.i.sso*.sso*

好看嗎？

B：영화관에 나와 남친 밖에 없어서 완전 무서웠어 .

yo*ng.hwa.gwa.ne/na.wa/nam.chin/ba.ge/o*p.sso*.so*/wan.jo*n/mu.so*.wo.sso*

電影院裡只有我和我男朋友，超可怕的。

情境會話二

A：여고괴담을 보고 싶은데요 .

yo*.go.gwe.da.meul/bo.go/si.peun.de.yo

我想看女高怪談

B：몇 시의 영화표로 드릴까요 ?

myo*t/si.ui/yo*ng.hwa.pyo.ro/deu.ril.ga.yo

要幾點的電影票？

A：저녁 6 시 50 분에 상영하는 티켓으로 주세요 .

jo*.nyo*k/yo*.so*t.ssi/o.sip.bu.ne/sang.yo*ng.
ha.neun/ti.ke.seu.ro/ju.se.yo

請給我晚上6點50分上映的票。

B：중간 자리는 앞쪽만 남았는데 괜찮으세요 ?

jung.gan/ja.ri.neun/ap.jjong.man/na.man.neun.de/
gwe*n.cha.neu.se.yo

中間的位子只剩下前面，可以嗎？

A：괜찮습니다 .

gwe*n.chan.sseum.ni.da

沒關係。

B：팝콘이나 콜라 필요하세요 ?

pap.ko.ni.na/kol.la/pi.ryo.ha.se.yo

需要爆米花或可樂嗎？

A：콜라 한 잔만 주세요 .

kol.la/han/jan.man/ju.se.yo

給我一杯可樂就好。

中文：請給我前面**的位子。**
韓語： 앞쪽 **자리로 주세요 .**
ap.jjok/ja.ri.ro/ju.se.yo

替換詞

창가쪽　靠窗
통로쪽　靠走道
뒤쪽　後面
중간　中間
옆　旁邊

中文：我主要是看動作片**。**
韓語：주로 액션 영화를 **봐요 .**
ju.ro/e*k.ssyo*n/yo*ng.hwa.reul/bwa.yo

替換詞

멜로 영화를　愛情電影
코믹 영화를　喜劇片
공포 영화를　恐怖電影
만화 영화를　動畫片
시대극을　古裝劇

必學收藏句 - 買電影票

뒤쪽 자리가 없다고 하는데 어떡해요 ?
dwi.jjok/ja.ri.ga/o*p.da.go/ha.neun.de/o*.do*.ke*.yo
他說沒有後面的位子了，怎麼辦？

오후 3 시 40 분 표로 두 장 주세요 .
o.hu/se.si/sa.sip.bun/pyo.ro/du/jang/ju.se.yo
請給我下午3點40分的票兩張。

우리 자리는 K 열 23 번과 24 번이에요 .
u.ri/ja.ri.neun/K.yo*l/i.sip.ssam.bo*n.gwa/i.sip.ssa.
bo*.ni.e.yo
我們的位子是K排23號和24號。

내가 영화표를 살 테니까 네가 팝콘을 사 .
ne*.ga/yo*ng.hwa.pyo.reul/ssal/te.ni.ga/ne.ga/pap.
ko.neul/ssa
我買電影票，你買爆米花。

내가 어제 인터넷으로 표 사 놓았거든요 .
ne*.ga/o*.je/in.to*.ne.seu.ro/pyo/sa/no.at.go*.deu.nyo
我昨天已經在網路上買好票了。

必學收藏句 - 電影評價

주인공이 너무 멋졌어요 .
ju.in.gong.i/no*.mu/mo*t.jjo*.sso*.yo
主角好帥。

주연 여배우가 연기를 진짜 잘 했어 .
ju.yo*n/yo*.be*.u.ga/yo*n.gi.reul/jjin.jja/jal/he*.sso*
女主角演得很棒。

이 영화는 생각보다 재미있네요 .
i/yo*ng.hwa.neun/se*ng.gak.bo.da/je*.mi.in.ne.yo
這部片比想像得要好看。

나는 이 대사가 너무 마음에 들어 .
na.neun/i/de*.sa.ga/no*.mu/ma.eu.me/deu.ro*
我很喜歡這句台詞。

오늘 보신 영화가 어땠어요 ?
o.neul/bo.sin/yo*ng.hwa.ga/o*.de*.sso*.yo
您今天看的電影如何？

나는 이런 영화를 즐겨 봐요 .
na.neun/i.ro*n/yo*ng.hwa.reul/jjeul.gyo*/bwa.yo
我喜歡看這種電影。

必背私藏單字 - 電影

電影類型	電影相關
코미디 喜劇片 ko.mi.di	영화관 電影院 yo*ng.hwa.gwan
공포 영화 恐怖電影 gong.po/yo*ng.hwa	극장 電影院 geuk.jjang
전쟁 영화 戰爭電影 jo*n.je*ng/yo*ng.hwa	남배우 男演員 nam.be*.u
액션 영화 動作電影 e*k.ssyo*n/yo*ng.hwa	여배우 女演員 yo*.be*.u
멜로 영화 愛情電影 mel.lo/yo*ng.hwa	감독 導演 gam.dok
애니메이션 動畫片 e*.ni.me.i.syo*n	대사 台詞 de*.sa
다큐멘터리 記錄片 da.kyu.men.to*.ri	시나리오 劇本 si.na.ri.o
추리극 推理片 chu.ri.geuk	상영하다 上映 sang.yo*ng.ha.da
시대극 古裝劇 si.de*.geuk	개봉되다 首映 ge*.bong.dwe.da
홍보 宣傳片 hong.bo	칸 영화제 坎城影展 kan/yo*ng.hwa.je

Unit06 年齡與生日

몇 살이에요 ?
myo*t/sa.ri.e.yo
你幾歲 ?

情境會話一

A : 나이가 어떻게 되세요 ?
na.i.ga/o*.do*.ke/dwe.se.yo
您的年紀是 ?

B : 스물 여덟 살이에요 .
seu.mul/yo*.do*l/sa.ri.e.yo
我28歲。

A : 우리 동갑이네요 .
u.ri/dong.ga.bi.ne.yo
我們同年耶 !

情境會話二

A : 너희들은 몇 살이니 ?
no*.hi.deu.reun/myo*t/sa.ri.ni
你們幾歲了 ?

B：우리는 열 살이에요 .

u.ri.neun/yo*l/sa.ri.e.yo

我們十歲。

(情境會話三)

A：만나서 반가워요 . 몇 년생이에요 ?

man.na.so*/ban.ga.wo.yo//myo*t/nyo*n.se*ng.i.e.yo

見到你很高興，你是幾年生呢？

B：나는 1980 년생이에요 . 올해 서른 세 살이죠 .

na.neun/cho*n.gu.be*k.pal.ssim.nyo*n.se*ng.i.e.yo//
ol.he*/so*.reun/se/sa.ri.jyo

我是1980年生的。今年33歲。

A：저는 1988 년생인데요 . 저보다 많이 오빠네
요 .

jo*.neun/cho*n.gu.be*k.pal.ssip.pal.lyo*n.se*ng.in.de.
yo//jo*.bo.da/ma.ni/o.ba.ne.yo

我是1988年生。你是大我很多的哥哥呢！

B：그래요 . 오빠라고 불러도 돼요 .

geu.re*.yo//o.ba.ra.go/bul.lo*.do/dwe*.yo

是啊！你可以叫我哥哥。

會話練習區
替換單字或短句後跟著MP3念看看吧！

中文： 我們同年呢！
韓語： 우리 동갑이네요 .
u.ri/dong.ga.bi.ne.yo

替換詞

우리는 동갑 아니에요 .　我們不是同年。
제가 한 살 어려요 .　我小一歲。
내가 한 살 많아요 .　我大一歲。
저보다 한 살 많아요 .　比我大一歲。
나보다 한 살 어려요 .　比我小一歲。

中文： 我是1988年7月4日出生的。
韓語： 저는 1988 년 7 월 4 일에 태어났어요 .
jo*.neun/cho*.n.gu.be*k.pal.ssip.pal.lyo*n/chi.rwol/
sa.i.re/te*.o*.na.sso*.yo

替換詞

천구백구십 년 오월 삼일　1990 年 5 月 3 日
천구백칠십육 년 팔월 칠일　1976 年 8 月 7 日
천구백팔십삼 년 십이월 십일　1983 年 12 月 10 日
천구백구십사 년 구월 십팔일　1994 年 9 月 18 日
천구백육십구 년 사월 이십오일　1969 年 4 月 25 日

會話練習區
替換單字或短句後跟著MP3念看看吧！

中文：叫我姊姊。
韓語：누나라고 불러 줘요.
nu.na.ra.go/bul.lo*/jwo.yo

替換詞

언니라고 불러 줘요.　叫我姊姊。
오빠라고 불러 줘요.　叫我哥哥。
형이라고 불러 줘요.　叫我哥哥。
그냥 이름을 불러 주세요.　請叫我名字就好。
오빠라고 불러도 될까요?　我可以叫你哥哥嗎?

中文：你幾歲?
韓語：몇 살이야?
myo*t/sa.ri.ya

替換詞

몇 살이에요?　你幾歲?
나이가 어떻게 돼요?　你的年紀是?
나이가 어떻게 되세요?　您的年紀是?
연세가 어떻게 되세요?　您今年貴庚?
실례지만, 몇 년생이세요?　不好意思,您是幾年生?

必學收藏句 - 半語 & 敬語

우리 말 놓을까요 ?
u.ri/mal/no.eul.ga.yo
我們不要説敬語好嗎 ?

우리 반말 할까요 ?
u.ri/ban.mal/hal.ga.yo
我們説半語好嗎 ?

말 놓아도 돼요 ?
mal/no.a.do/dwe*.yo
我可以不説敬語嗎 ?

말 놓으세요 .
mal/no.eu.se.yo
請您別説敬語。

저는 아직 어리니까 반말 하면 안 되죠 .
jo*.neun/a.jik/o*.ri.ni.ga/ban.mal/ha.myo*n/an/dwe.jyo
我還小不能説半語囉 !

제가 정말 반말 해도 되는 거예요 ?
je.ga/jo*ng.mal/ban.mal/he*.do/dwe.neun/go*.ye.yo
我真的可以説半語嗎 ?

必學收藏句 - 生日

생일에 뭐 할 거예요 ?
se*ng.i.re/mwo/hal/go*.ye.yo
生日你要做什麼 ?

생일 파티를 하자 .
se*ng.il/pa.ti.reul/ha.ja
我們辦生日派對吧 ?

내 생일 파티에 올래 ?
ne*/se*ng.il/pa.ti.e/ol.le*
你要來我的生日派對嗎 ?

오늘 내 생일인데 같이 맛있는 걸 먹으러 가자 .
o.neul/ne*/se*ng.i.rin.de/ga.chi/ma.sin.neun/go*l/mo*.
geu.ro*/ga.ja
今天是我的生日，一起去吃好吃的吧。

생일 선물을 많이 받았어요 .
se*ng.il/so*n.mu.reul/ma.ni/ba.da.sso*.yo
我收到了很多禮物。

어제는 제 생일이었어요 .
o*.je.neun/je/se*ng.i.ri.o*.sso*.yo
昨天是我的生日。

Unit07 體育運動

나는 못하는 운동이 없어요 .
na.neun/mo.ta.neun/un.dong.i/o*p.sso*.yo
我沒有不會的運動。

情境會話一

A : 혹시 야구 경기에 대해 관심 있어요 ?
hok.ssi/ya.gu/gyo*ng.gi.e/de*.he*/gwan.sim/i.sso*.yo
你對棒球賽感興趣嗎？

B : 야구를 못 하지만 응원하는 야구팀이 있거든
요 .
ya.gu.reul/mot/ha.ji.man/eung.won.ha.neun/ya.gu.
ti.mi/it.go*.deu.nyo
我雖不會打棒球，但我有支持的棒球隊。

A : 선배한테서 야구 관람표 두 장 받았는데 같이
보러 갈래요 ?
so*n.be*.han.te.so*/ya.gu/gwal.lam.pyo/du/jang/
ba.dan.neun.de/ga.chi/bo.ro*/gal.le*.yo
我從前輩那拿到兩張棒球賽的票，要不要一起去看？

B：갈게요 . 야구 경기는 언제예요 ?
gal.ge.yo//ya.gu/gyo*ng.gi.neun/o*n.je.ye.yo
我要去。棒球賽是什麼時候？

A：이번 주 토요일 아침 8 시예요 .
i.bo*n/ju/to.yo.il/a.chim/yo*.do*p.ssi.ye.yo
這周六早上八點。

情境會話二

A：어제 학교 축구 경기를 봤어 ?
o*.je/hak.gyo/chuk.gu/gyo*ng.gi.reul/bwa.sso
昨天你有看學校的足球比賽嗎？

B：봤죠 . 왜 어제 보러 안 왔어 ?
bwat.jjyo./we*/o*.je/bo.ro/an.wa.sso*
看囉！你為什麼昨天沒來看？

A：아르바이트가 있어서 못 갔어 . 어느 팀이 이
겼어 ?
a.reu.ba.i.teu.ga/i.sso*.so*/mot/ga.sso*./o*.neu/ti.mi/
i.gyo*.sso*
我要打工不能去，哪個隊贏了？

B：오대 사로 우리 반 팀이 이겼어 .
o.de*/sa.ro/u.ri/ban/ti.mi/i.gyo*.sso*
五比四我們班的隊伍贏了。

會話練習區
替換單字或短句後跟著MP3念看看吧！

中文：我喜歡打棒球。
韓語：야구를 하는 **것을 좋아해요**.
ya.gu.reul/ha.neun/go*.seul/jjo.a.he*.yo

替換詞

농구를 하는　打籃球
축구를 하는　踢足球
수영을 하는　游泳
배드민턴을 치는　打羽毛球
볼링을 치는　打保齡球

中文：您很會打網球嗎？
韓語：테니스를 잘 치세요？
te.ni.seu.reul/jjal/chi.se.yo

替換詞

춤을 잘 추세요？　您很會跳舞嗎？
그림을 잘 그리세요？　您很會畫畫嗎？
영어를 잘 하세요？　您很會說英文嗎？
노래를 잘 하세요？　您很會唱歌嗎？
피아노를 잘 치세요？　您很會彈鋼琴嗎？

會話練習區
替換單字或短句後跟著MP3念看看吧！

中文：你打過高爾夫嗎？
韓語：골프를 쳐 본 적이 있어요？
gol.peu.reul/cho*/bon/jo*.gi/i.sso*.yo

替換詞

한국에 가 본 적이 있어요？　你去過韓國嗎？
김치를 먹어 본 적이 있어요？　你吃過泡菜嗎？
일등을 해 본 적이 있어요？　你拿過第一名嗎？
이것을 본 적이 있어요？　你看過這個嗎？
실수를 한 적이 있어요？　你失誤過嗎？

中文：我想當籃球選手。
韓語：농구 선수가 되고 싶어요．
nong.gu/so*n.su.ga/dwe.go/si.po*.yo

替換詞

가수가　歌手
대통령이　總統
외교관이　外交官
연예인이　藝人
초등학교 선생님이　小學老師

必學收藏句 - 比賽

이 팀은 가망이 없어요 .
i/ti.meun/ga.mang.i/o*p.sso*.yo
這支隊伍沒有希望了。

지금 경기는 무승부예요 .
ji.geum/gyo*ng.gi.neun/mu.seung.bu.ye.yo
現在比賽無勝負。

누가 이겼어요 ?
nu.ga/i.gyo*.sso*.yo
誰贏了 ?

삼대 삼으로 비겼어요 .
sam.de*/sa.meu.ro/bi.gyo*.sso*.yo
三比三平手。

이번엔 우리 팀이 졌어요 .
i.bo*.nen/u.ri/ti.mi/jo*.sso*.yo
這次我們隊輸了。

그건 반칙이잖아 .
geu.go*n/ban.chi.gi.ja.na
那是犯規嘛 !

必背私藏單字 - 各類運動

球類運動	其他運動
농구 籃球 nong.gu	체조 體操 che.jo
야구 棒球 ya.gu	수상 스포츠 水上運動 su.sang/seu.po.cheu
탁구 桌球 tak.gu	스케이팅 溜冰 seu.ke.i.ting
당구 撞球 dang.gu	검도 劍道 go*m.do
배구 排球 be*.gu	등산 登山 deung.san
볼링 保齡球 bol.ling	승마 騎馬 seung.ma
축구 足球 chuk.gu	씨름 摔跤 ssi.reum
피구 躲避球 pi.gu	태권도 跆拳道 te*.gwon.do
하키 曲棍球 ha.ki	태극권 太極拳 te*.geuk.gwon
배드민턴 羽毛球 be*.deu.min.to*n	유도 柔道 yu.do

Unit08 韓國節日

한국에는 어떤 명절이 있어요 ?
han.gu.ge.neun/o*.do*n/myo*ng.jo*.ri/i.sso*.yo
韓國有哪些節日呢？

情境會話一

A : 한국의 대표적인 명절에는 뭐가 있어요 ?
han.gu.gui/de*.pyo.jo*.gin/myo*ng.jo*.re.neun/mwo.
ga/i.sso*.yo
韓國的代表性節日有什麼呢？

B : 한국의 대표적인 명절은 추석과 설이에요 .
han.gu.gui/de*.pyo.jo*.gin/myo*ng.jo*.reun/chu.so*k.
gwa/so*.ri.e.yo
韓國的代表性節日有中秋和春節。

A : 추석은 언제예요 ?
chu.so*.geun/o*n.je.ye.yo
中秋是什麼時候？

B：추석은 음력으로 8 월 15 일이에요 .

chu.so*.geun/eum.nyo*.geu.ro/pa.rwol/si.bo.i.ri.e.yo

中秋是陰曆的8月15號。

A：추석에 먹는 특별한 음식이라도 있어요 ?

chu.so*.ge/mo*ng.neun/teuk.byo*l.han/eum.si.gi.
ra.do/i.sso*.yo

中秋節會吃什麼特別的食物嗎？

B：추석의 대표적인 음식은 송편이에요 .

chu.so*.gui/de*.pyo.jo*.gin/eum.si.geun/song.pyo*.
ni.e.yo

中秋的代表性飲食是松餅（松糕）。

A：송편은 어떤 음식이죠 ?

song.pyo*.neun/o*.do*n/eum.si.gi.jyo

松餅是什麼樣的食物呢？

B：송편은 한국 떡의 한 종류예요 . 일반적으로
안에 깨 , 팥 , 콩 , 녹두 , 밤 등의 소를 넣고 반달 모
양으로 만들어요 .

song.pyo*.neun/han.guk/do*.gui/han/jong.nyu.ye.yo//
il.ban.jo*.geu.ro/a.ne/ge*/pat/kong/nok.du/bam/
deung.ui/so.reul/no*.ko/ban.dal.mo.yang.eu.ro/man.
deu.ro*.yo

松餅是韓國糕點的一種。一般裡面會放芝麻、紅豆、
黃豆、綠豆、栗子等的餡料，然後做成半月的模樣。

A : 아직 먹어 본 적이 없네요 .
a.jik/mo*.go*/bon/jo*.gi/o*m.ne.yo
我還沒吃過呢！

B : 곧 추석인데 송편을 먹을 기회가 있을 거예요 .
got/chu.so*.gin.de/song.pyo*.neul/mo*.geul/gi.hwe.
ga/i.sseul/go*.ye.yo
馬上就是中秋節了，一定有吃松餅的機會的。

A : 한국의 추석이 정말 기대가 되네요 .
han.gu.gui/chu.so*.gi/jo*ng.mal/gi.de*.ga/dwe.ne.yo
真的很期待韓國的中秋節呢！

情境會話二

A : 추석 연휴에 뭐 했어요 ?
chu.so*k/yo*n.hyu.e/mwo/he*.sso*.yo
中秋連假你在做什麼？

B : 고향에 돌아갔어요 . 부모님도 만나 뵙고 고
등학교 동창들도 만났어요 .
go.hyang.e/do.ra.ga.sso*.yo/bu.mo.nim.do/man.na/
bwep.go/go.deung.hak.gyo/dong.chang.deul.do/man.
na.sso*.yo
我回故鄉了。見了父母和高中同學們。

A：같이 뭘 했어요 ?
ga.chi/mwol/he*.sso*.yo
一起做了什麼？

B：그냥 같이 식사하고 술 먹고 얘기 많이 했죠 .
geu.nyang/ga.chi/sik.ssa.ha.go/sul/mo*k.go/ye*.gi/
ma.ni/he*t.jjyo
只是一起用餐、喝酒、聊天而已。

情境會話三

A：한국의 3 대 명절은 무엇입니까 ?
han.gu.gui/sam.de*/myo*ng.jo*.reun/mu.o*.sim.ni.ga
韓國的三大節日是什麼？

B：설날 , 추석 , 단오입니다 .
so*l.lal//chu.so*k//da.no.im.ni.da
是春節、中秋、端午。

會話練習區
替換單字或短句後跟著MP3念看看吧！

中文：春節時大家會做什麼呢？
韓語：설날에는 사람들이 뭐해요？

so*l.la.re.neun/sa.ram.deu.ri/mwo.he*.yo

替換詞

추석　中秋節
단오　端午節
한식　寒食節
동지　冬至
크리스마스　聖誕節

中文：春節是陰曆的1月1號。
韓語：설날은 음력 1 월 1 일입니다．

so*l.la.reun/eum.nyo*k/i.rwol/i.ri.rim.ni.da

替換詞

동지는 양력 12 월 22 일입니다．
冬至是陽曆的 12 月 22 號。
단오는 음력 5 월 5 일입니다．
端午是陰曆的 5 月 5 號。
추석은 음력 8 월 15 일입니다．
中秋是陰曆的 8 月 15 號。

必學收藏句 - 中秋與春節

추석에는 가족과 친척들을 만나서 같이 식사했어
요 .

chu.so*.ge.neun/ga.jok.gwa/chin.cho*k.deu.reul/man.
na.so*/ga.chi/sik.ssa.he*.sso*.yo

中秋節見了家人和親戚，然後一起用了餐。

저는 올해 추석에 달을 못 봤어요 .

jo*.neun/ol.he*/chu.so*.ge/da.reul/mot/bwa.sso*.yo

我今年中秋節沒看到月亮。

한국에서는 설날에 뭐 해요 ?

han.gu.ge.so*.neun/so*l.la.re/mwo/he*.yo

在韓國春節會做什麼呢？

내일이면 설날 연휴가 시작된다 .

ne*.i.ri.myo*n/so*l.lal/yo*n.hyu.ga/si.jak.dwen.da

明天就是春節連假了。

올해 설날 연휴 기간은 2 월 9 일부터 11 일까지예
요 .

ol.he*/so*l.lal/yo*n.hyu/gi.ga.neun/i.wol/gu.il.bu.to*/
si.bi.ril.ga.ji.ye.yo

今年的春節連假期間是從2月9號到11號。

必背私藏單字 - 重大節日

韓國節日	年節飲食
신정 新年（陽1/1） sin.jo*ng	떡국 年糕湯 do*k.guk
석가탄신일 佛誕日（農4/8） so*k.ga.tan.si.nil	만두 水餃 man.du
개천절 開天節（10/3） ge*.cho*n.jo*l	송편 松糕 song.pyo*n
제헌절 制憲節（7/17） je.ho*n.jo*l	식혜 酒釀 si.kye
광복절 光復節（8/15） gwang.bok.jjo*l	잡채 雜菜 jap.che*
한글날 韓文節（10/9） han.geul.lal	생선전 魚肉煎餅 se*ng.so*n.jo*n
삼일절 三一節（3/1） sa.mil.jo*l	갈비찜 燉排骨 gal.bi.jjim
현충일 顯忠日（6/6） hyo*n.chung.il	신선로 神仙爐 sin.so*l.lo

Unit09 旅遊話題

한국 여행을 가고 싶어요 .
han.guk/yo*.he*ng.eul/ga.go/si.po*.yo
我想去韓國旅行。

情境會話一

A : 이번 여름 방학에 여행 계획이 있어요 ?
i.bo*n/yo*.reum/bang.ha.ge/yo*.he*ng/gye.hwe.gi/
i.sso*.yo
這次暑假你有旅行計畫嗎？

B : 이번 여름 방학을 이용해서 한국 여행을 가려
고요 .
i.bo*n/yo*.reum/bang.ha.geul/i.yong.he*.so*/han.guk/
yo*.he*ng.eul/ga.ryo*.go.yo
我想利用這次的暑假去韓國旅行。

A : 전에 서울에 와 본 적이 있어요 ?
jo*.ne/so*.u.re/wa/bon/jo*.gi/i.sso*.yo
你之前有來過首爾嗎？

B：아니요 . 제주도에 한 번 가 봤는데 서울은 아
직 안 가 봤어요 .

a.ni.yo//je.ju.do.e/han.bo*n/ga/bwan.neun.de/so*.
u.reun/a.jik/an.ga/bwa.sso*.yo

沒有，有去過一次濟州島，首爾還沒去過。

A：이번엔 서울에 오면 한 번 만나요 . 맛있는 걸
사 줄게요 .

i.bo*.nen/so*.u.re/o.myo*n/han.bo*n/man.na.yo//
ma.sin.neun/go*l/sa.jul.ge.yo

這次來首爾的話，我們見個面吧。我請你吃好吃的。

(情境會話二)

A：가족들과 함께 한국 여행을 갔다왔어요 .

ga.jok.deul.gwa/ham.ge/han.guk/yo*.he*ng.eul/gat.
da.wa.sso*.yo

我跟家人一起去韓國玩了。

B：언제 돌아왔어요 ?

o*n.je/do.ra.wa.sso*.yo

什麼時候回來的？

A：이번 주 수요일에 돌아왔어요 .

i.bo*n/ju/su.yo.i.re/do.ra.wa.sso*.yo

這週三回來的。

B：한국 여행은 재미있었어요 ?
han.guk/yo*.he*ng.eun/je*.mi.i.sso*.sso*.yo
韓國旅行好玩嗎？

A：재미있었어요 . 한국 요리도 너무 맛있었어요 .
je*.mi.i.sso*.sso*.yo//han.guk/yo.ri.do/no*.mu/ma.si.
sso*.sso*.yo
很好玩，韓國菜也很好吃。

B：삼계탕하고 불고기 다 먹어봤어요 ?
sam.gye.tang.ha.go/bul.go.gi/da/mo*.go*.bwa.sso*.
yo
蔘雞湯和烤肉都吃過了嗎？

A：다 먹어봤죠 . 한국 김치도 많이 사 왔어요 .
da/mo*.go*.bwat.jjyo//han.guk/gim.chi.do/ma.ni/sa/
wa.sso*.yo
都吃過囉！也買了很多韓國泡菜回來。

B：나한테 줄 선물 없어요 ?
na.han.te/jul/so*n.mul/o*p.sso*.yo
沒有送我的禮物嗎？

會話練習區
替換單字或短句後跟著MP3念看看吧！

中文：首爾是什麼樣的都市？
韓語：서울은 어떤 도시예요？
so*.u.reun/o*.do*n/do.si.ye.yo

替換詞

타이페이는　台北
도쿄는　東京
뉴욕은　紐約
북경은　北京
런던은　倫敦

中文：這裡是複雜的地方。
韓語：여기는 복잡한 곳이에요.
yo*.gi.neun/bok.jja.pan/go.si.e.yo

替換詞

조용한　安靜的
편리한　方便的
위험한　危險的
유명한　有名的
아름다운　美麗的

必學收藏句 - 旅遊

혼자 여행을 떠난다면 어디로 가고 싶어요?
hon.ja/yo*.he*ng.eul/do*.nan.da.myo*n/o*.di.ro/ga.go/
si.po*.yo
如果一個人去旅行的話，你想去哪裡？

이곳은 온천으로 유명해요.
i.go.seun/on.cho*.neu.ro/yu.myo*ng.he*.yo
這個地方以溫泉著名。

서울에 갈 만한 곳이 많아요?
so*.u.re/gal/man.han/go.si/ma.na.yo
首爾值得一去得地方多嗎？

동대문 시장은 쇼핑하기에 좋은 곳이에요.
dong.de*.mun/si.jang.eun/syo.ping.ha.gi.e/jo.eun/
go.si.e.yo
東大門市場是購物的好地方。

공항 면세점에서 많은 것들을 샀어요.
gong.hang/myo*n.se.jo*.me.so*/ma.neun/go*t.deu.
reul/ssa.sso*.yo
我在機場免稅商店買了很多東西。

Unit10 整型手術

코 성형 수술을 받았어요 .

ko/so*ng.hyo*ng/su.su.reul/ba.da.sso*.yo

我整鼻子了。

情境會話

A : 가장 하고 싶은 성형 수술은 뭐야 ?

ga.jang/ha.go/si.peun/so*ng.hyo*ng/su.su.reun/mwo.

ya

你最想做的整型手術是什麼？

B : 내가 가장 성형하고 싶은 부위는 코야 .

ne*.ga/ga.jang/so*ng.hyo*ng.ha.go/si.peun/bu.wi.

neun/ko.ya

我最想整型的部位是鼻子。

A : 왜 ?

we*

為什麼？

B：내 코가 너무 낮아 보이잖아 . 넌 어디를 하고 싶은데 ?

ne*/ko.ga/no*.mu/na.ja/bo.i.ja.na//no*n/o*.di.reul/

ha.go/si.peun.de

我的鼻子看起來太扁了嘛！你想整哪裡？

A：내 가슴 A 컵에서 C 컵으로 성형하고 싶어 .

ne*/ga.seum/A.ko*.be.so*/C.ko*.beu.ro/so*ng.

hyo*ng.ha.go/si.po*

我想把我的胸部從 A 罩杯整成 C 罩杯。

B：어디 성형 수술 잘하는 곳 없어 ?

o*.di/so*ng.hyo*ng/su.sul/jal.ha.neun/got/o*p.sso*

哪裡有整型厲害的地方呢？

中文：做整型手術，會有副作用嗎？
韓語：성형 수술을 받으면 부작용이 생기나요？
so*ng.hyo*ng/su.su.reul/ba.deu.myo*n/bu.ja.gyong.i/
se*ng.gi.na.yo

替換詞

입원해야 되나요？　需要住院嗎？
더 예뻐지나요？　會變更漂亮嗎？
날씬해질 수 있나요？　可以變苗條嗎？
계속 진통제를 먹어야 되나요？
需要一直吃止痛藥嗎？

中文：我想抽脂。
韓語：지방을 빼고 싶어요.
ji.bang.eul/be*.go/si.po*.yo

替換詞

얼굴뼈를 깎고 싶어요.　我想削臉骨。
주름살을 제거하고 싶어요.　我想去除皺紋。
쁘띠 성형을 받고 싶어요.　我想微整型。
치아교정을 하고 싶어요.　我想調整牙齒。
다이어트를 하고 싶어요.　我想減肥。

必學收藏句 - 整型

코 성형 수술 잘하는 곳 아세요 ?
ko/so*ng.hyo*ng/su.sul/jal.ha.neun/got/a.se.yo
你知道哪裡有鼻子整型手術做的不錯的地方嗎?

좋은 성형외과를 추천해 주세요 .
jo.eun/so*ng.hyo*ng.we.gwa.reul/chu.cho*n.he*/
ju.se.yo
請推薦不錯的整型外科給我。

저는 지방 흡입수술을 하려고 해요 .
jo*.neun/ji.bang/heu.bip.ssu.su.reul/ha.ryo*.go/he*.yo
我想做抽指手術。

주변에 성형 수술 받은 사람이 있어요 ?
ju.byo*.ne/so*ng.hyo*ng/su.sul/ba.deun/sa.ra.mi/
i.sso*.yo
你周圍有人有整形過嗎?

얼굴윤곽 교정수술을 받은 후에 입원해야 해요 ?
o*l.gu.ryun.gwak/gyo.jo*ng.su.su.reul/ba.deun/hu.e/
i.bwon.he*.ya/he*.yo
做完臉部輪廓矯正手術後,需要住院嗎?

코 수술 비용이 대략 얼마예요 ?
ko/su.sul/bi.yong.i/de*.ryak/o*l.ma.ye.yo
整鼻子的手術費用大概是多少呢?

必背私藏單字 - 整型名稱

눈 성형 眼部整型 nun/so*ng.hyo*ng	
쌍커풀 성형수술 雙眼皮整型手術 ssang.ko*.pul/so*ng.hyo*ng.su.sul	
주름살 제거수술 去除皺紋手術 ju.reum.sal/jje.go*.su.sul	
얼굴윤곽 교정수술 臉部輪廓矯正手術 o*l.gu.ryun.gwak/gyo.jo*ng.su.sul	
가슴 성형 胸部整型 ga.seum/so*ng.hyo*ng	
종아리 성형 小腿整型 jong.a.ri/so*ng.hyo*ng	
지방 흡입 抽指 ji.bang/heu.bip	
전신 성형 全身整型 jo*n.sin/so*ng.hyo*ng	
입 성형 嘴巴整型 ip/so*ng.hyo*ng	
지방이식 수술 脂肪移植手術 ji.bang.i.sik/su.sul	
남성 성형 男性整型 nam.so*ng/so*ng.hyo*ng	

私藏韓語
— 나만의 한국어 회화책 —
會話學習書

食衣住行篇

Unit01 找房子

월세는 얼마예요 ?
wol.se.neun/o*l.ma.ye.yo
月租多少錢？

情境會話一

A：안녕하세요 . 싸고 좋은 고시원 찾는데요 .
an.nyo*ng.ha.se.yo//ssa.go/jo.eun/go.si.won/chan.
neun.de.yo
您好，我在找便宜又不錯的考試院。

B：어서 오세요 . 한 달에 얼마 정도 짜리를 찾으
세요 ?
o*.so*/o.se.yo//han.da.re/o*l.ma/jo*ng.do/jja.ri.reul/
cha.jeu.se.yo
快請進。您要找一個月多少錢的呢？

A：한 달에 30 만원 정도요 .
han/da.re/sam.sim.man.mwon/jo*ng.do.yo
一個月30萬韓幣左右。

B：여기 경희대학교 다니는 학생이세요?

yo*.gi/gyo*ng.hi.de*.hak.gyo/da.ni.neun/hak.sse*ng.i.se.yo

你是就讀這裡慶熙大學的學生嗎？

A：네, 그렇습니다.

ne//geu.ro*.sseum.ni.da

是的，沒錯。

B：들어와서 한 번 구경해 볼래요?

deu.ro*.wa.so*/han.bo*n/gu.gyo*ng.he*/bol.le*.yo

要不要進來參觀看看呢？

情境會話二

A：여기 고시원은 단기로 빌릴 수 있나요?

yo*.gi/go.si.wo.neun/dan.gi.ro/bil.lil/su/in.na.yo

這裡的考試院可以租短期的嗎？

B：적어도 한 달쯤 빌리 셔야 합니다.

jo*.go*.do/han.dal.jjeum/bil.li/syo*.ya/ham.ni.da

您至少要租一個月才行。

A：그건 문제 없어요. 근처에 지하철 역이 있어요?

geu.go*n/mun.je/o*p.sso*.yo//geun.cho*.e/ji.ha.cho*l/yo*.gi/i.sso*.yo

那不是問題。附近有地鐵站嗎？

B：여기에서 걸어서 5 분 거리에 지하철 역이 있습니다 .

yo*.gi.e.so*/go*.ro/so*/o.bun/go*.ri.e/ji.ha.cho*l/yo*.gi/it.sseum.ni.da

離這裡走路五分鐘的距離有地鐵站。

A：부엌이 따로 있나요 ?

bu.o*.ki/da.ro/in.na.yo

另外有廚房嗎？

B：있습니다 . 부엌에서 밥하고 김치는 무료로 제공되고 있습니다 .

it.sseum.ni.da//bu.o*.ke.so*/ba.pa.go/gim.chi.neun/mu.ryo.ro/je.gong.dwe.go/it.sseum.ni.da

有的，廚房有提供免費的白飯和泡菜。

A：괜찮네요 . 계약합시다 .

gwe*n.chan.ne.yo//gye.ya.kap.ssi.da

不錯耶，我們簽約吧。

中文：微波爐故障了。
韓語：전자레인지가 **고장났어요.**
jo*n.ja.re.in.ji.ga/go.jang.na.sso*.yo

替換詞

에어컨이　空調
냉장고가　冰箱
정수기가　飲水機
샤워기가　蓮蓬頭
텔레비전이　電視

中文：附近有超市嗎？
韓語：가까운 거리에 슈퍼 **있어요？**
ga.ga.un/go*.ri.e/syu.po*/i.sso*.yo

替換詞

버스 정류장　公車站
지하철 역　地鐵站
식당　餐館
병원　醫院
은행　銀行

必學收藏句 - 找房1

학교에서 가까운 원룸을 찾고 있습니다 .
hak.gyo.e.so*/ga.ga.un/wol.lu.meul/chat.go/it.sseum.
ni.da
我在找離學校近的套房。

원룸이 어디에 위치하고 있나요 ?
wol.lu.mi/o*.di.e/wi.chi.ha.go/in.na.yo
套房的位置在哪裡呢 ?

학교에서 얼마나 멀리 있나요 ?
hak.gyo.e.so*/o*l.ma.na/mo*l.li/in.na.yo
離學校有多遠呢 ?

계약할 때 얼마 내야 해요 ?
gye.ya.kal/de*/o*l.ma.ne*.ya/he*.yo
簽約時，要繳多少錢 ?

보증금은 없어요 ?
bo.jeung.geu.meun/o*p.sso*.yo
沒有押金嗎 ?

잠깐 방 좀 볼 수 있을까요 ?
jam.gan/bang/jom/bol/su/i.sseul.ga.yo
我可以看一下房間嗎 ?

必學收藏句 - 找房2

이층에는 다 여학생들이 살고 있습니까 ?
i.cheung.e.neun/da/yo*.hak.sse*ng.deu.ri/sal.go/
it.sseum.ni.ga
二樓都是女學生在住的嗎？

어떤 가구들이 배치되어 있나요 ?
o*.do*n/ga.gu.deu.ri/be*.chi.dwe.o*/in.na.yo
配有哪些家具呢？

당장 들어갈 수 있어요 ?
dang.jang/deu.ro*.gal/ssu/i.sso*.yo
可以馬上搬進去嗎？

부엌과 화장실이 따로 있나요 ?
bu.o*k.gwa/hwa.jang.si.ri/da.ro/in.na.yo
有另外的廚房和廁所嗎？

고시원 주변은 안전한가요 ?
go.si.won/ju.byo*.neun/an.jo*n.han.ga.yo
考試院周邊安全嗎？

애완견을 키울 수 있나요 ?
e*.wan.gyo*.neul/ki.ul/su/in.na.yo
可以養寵物嗎？

必學收藏句 - 居住問題

난방이 안 돼요 .
nan.bang.i/an/dwe*.yo
暖氣壞掉了。

온수 안 나와요 .
on.su/an/na.wa.yo
熱水出不來。

싱크대가 막혔어요 .
sing.keu.de*.ga/ma.kyo*.sso*.yo
洗碗槽堵塞住了。

방 열쇠가 잃어버렸어요 .
bang/yo*l.swe.ga/i.ro*.bo*.ryo*.sso*.yo
我把房間鑰匙搞丟了。

화장실에 휴지가 다 떨어졌어요 .
hwa.jang.si.re/hyu.ji.ga/da/do*.ro*.jo*.sso*.yo
廁所的衛生紙都用完了。

옆 방 사람이 너무 시끄러워요 .
yo*p/bang/sa.ra.mi/no*.mu/si.geu.ro*.wo.yo
隔壁房的人太吵了。

Unit02 家庭生活

이제 잠 잘 시간이다 .
i.je/jam/jal/ssi.ga.ni.da
該睡覺了。

情境會話

A：민지야 , 할아버지는 뭘 하셔 ?
min.ji.ya//ha.ra.bo*.ji.neun/mwol/ha.syo*
旼志，爺爺在做什麼？

B：방에서 주무셔 .
bang.e.so*/ju.mu.syo*
在房間睡覺。

A：저녁은 아직 안 드시고 벌써 주무시네 .
jo*.nyo*.geun/a.jik/an/deu.si.go/bo*l.sso*/ju.mu.si.ne
沒吃晚餐就去睡覺了啊！

中文：起床。
韓語：일어나요.
i.ro*.na.yo

(替換詞)

일어나. 起床。
일어나자. 我們起床吧。
어서 일어나요. 快起床。
빨리 일어나요. 快起床。
얼른 일어나세요. 請快點起床。

中文：弟弟在做什麼？
韓語：동생은 뭘 하고 있니？
dong.se*ng.eun/mwol/ha.go/in.ni

(替換詞)

잠자고 있어. 睡覺。
숙제하고 있어. 寫作業。
밥 먹고 있어. 吃飯。
방에서 공부하고 있어. 在房間念書。
아빠랑 얘기하고 있어. 和爸爸在聊天。

必學收藏句 - 母子對話

서둘러 . 버스 놓치겠다 .
so*.dul.lo*//bo*.seu/not.chi.get.da
趕快，要錯過公車了。

세경아 , 동생이랑 싸우지 말고 .
se.gyo*ng.a//dong.se*ng.i.rang/ssa.u.ji/mal.go
世京，別跟弟弟吵架。

오늘 추워 . 양말 신고 가 .
o.neul/chu.wo//yang.mal/ssin.go/ga
今天很冷，穿上襪子再出門。

빨리 와 . 아침 먹어 .
bal.li/wa//a.chim/mo*.go*
快點來吃早餐。

음식 가려먹지 마 .
eum.sik/ga.ryo*.mo*k.jji/ma
不要挑食。

어디 갔다 이제 와 ?
o*.di/gat.da/i.je/wa
你是去了哪現在才來？

必背私藏單字 - 家庭空間與設備

格局空間	家具設備
거실 客廳 go*.sil	수도 自來水管道 su.do
침실 寢室 chim.sil	가스 瓦斯 ga.seu
방 房間 bang	전기 電 jo*n.gi
화장실 廁所 hwa.jang.sil	소파 沙發 so.pa
욕실 浴室 yok.ssil	유리장 玻璃櫃 yu.ri.jang
부엌 廚房 bu.o*k	침대 床 chim.de*
베란다 陽臺 be.ran.da	변기 馬桶 byo*n.gi
차고 車庫 cha.go	욕조 浴缸 yok.jjo
지하실 地下室 ji.ha.sil	냉장고 電冰箱 ne*ng.jang.go
계단 樓梯 gye.dan	가스레인지 瓦斯爐 ga.seu.re.in.ji

Unit03 電話

여보세요, 누굴 찾으세요?
yo*.bo.se.yo//nu.gul/cha.jeu.se.yo
喂,請問找哪位?

情境會話一

A:여보세요.
yo*.bo.se.yo
喂。

B:안녕하세요. 혹시 김수현 씨가 집에 있어요?
an.nyo*ng.ha.se.yo//hok.ssi/gim.su.hyo*n/ssi.ga/ji.be/
i.sso*.yo
你好,請問金秀賢在家嗎?

A:수현이는 지금 집에 없는데요.
su.hyo*.ni.neun/ji.geum/ji.be/o*m.neun.de.yo
秀賢現在不在家。

B:언제쯤 집에 돌아올 것 같아요?
o*n.je.jjeum/ji.be/do.ra.ol/go*t/ga.ta.yo
他應該什麼時候會回家呢?

A：점심을 사러 나갔는데 곧 돌아올 거예요.
jo*m.si.meul/ssa.ro*/na.gan.neun.de/got/do.ra.ol/go*.
ye.yo
他出去買午餐，應該馬上就回來了。

B：그럼 30 분 후에 다시 전화하겠어요. 고마워요.
geu.ro*m/sam.sip.bun/hu.e/da.si/jo*n.hwa.ha.ge.
sso*.yo//go.ma.wo.yo
那我三十分鐘再打電話過去，謝謝。

情境會話二

A：최영도 선배가 사무실에 계세요?
chwe.yo*ng.do/so*n.be*.ga/sa.mu.si.re/gye.se.yo
崔永道前輩在辦公室嗎？

B：여기 최영도라는 분이 없는데요. 전화를 잘 못 거신 것 같습니다.
yo*.gi/chwe.yo*ng.do.ra.neun/bu.ni/o*m.neun.de.yo//
jo*n.hwa.reul/jjal.mot/go*.sin/go*t/gat.sseum.ni.da
這裡沒有叫作崔永道的人，您應該打錯電話了。

A：아, 죄송합니다.
a//jwe.song.ham.ni.da
啊！對不起。

會話練習區
替換單字或短句後跟著MP3念看看吧！

中文：喂，我是張允靜。
韓語：여보세요. 장윤정입니다.

yo*.bo.se.yo//jang.yun.jo*ng.im.ni.da

替換詞

박 부장입니다. 朴部長
민호 친구입니다. 敏鎬的朋友
삼성전자 김태영입니다. 三星電子的金泰榮
여기는 하나은행입니다. 這裡是 Hana Bank
서울대학교 국제어학원 학생입니다.
首爾大學國際語學院的學生

中文：對不起，他現在不在。
韓語：죄송합니다만, 그분은 지금 안 계세요.

jwe.song.ham.ni.da.man//geu.bu.neun/ji.geum/an/
gye.se.yo

替換詞

지금 식사 중이십니다. 他現在正在用餐
외출하셨습니다. 他外出了
미국으로 출장 가셨습니다. 他去美國出差了
지금 다른 전화를 받고 있습니다. 他在接別的電話

中文：您可以10分鐘後**再打電話來嗎？**
韓語：10 분 뒤에 **다시 전화하시겠습니까？**
sip.bun/dwi.e/da.si/jo*n.hwa.ha.si.get.sseum.ni.ga

替換詞

나중에　以後
이따가　等一下
한 시간 후에　一個小時後
점심 시간 후에　午餐時間後
내일 오전 11 시 전에　明天上午 11 點前

中文：電話要幫您轉接到哪裡呢？
韓語：어디로 전화를 연결해 드릴까요？
o*.di.ro/jo*n.hwa.reul/yo*n.gyo*l.he*/deu.ril.ga.yo

替換詞

인사부로 전화를 연결해 주세요 .
幫我把電話轉接到人事部。
담당자에게 전화를 연결해 주세요 .
幫我把電話轉接給負責人。
사장님 사무실로 전화를 연결해 주세요 .
幫我把電話轉接到社長辦公室。

必學收藏句 - 打電話

박신혜 씨 있습니까 ?
bak.ssin.hye/ssi/it.sseum.ni.ga
樸信惠在嗎？

미안하지만 김 선생님 좀 바꿔 주세요 .
mi.an.ha.ji.man/gim.so*n.se*ng.nim/jom/ba.gwo/
ju.se.yo
不好意思，麻煩請金老師聽電話。

죄송합니다 . 잘못 걸었어요 .
jwe.song.ham.ni.da//jal.mot/go*.ro*.sso*.yo
對不起，我打錯電話了。

20 분 후 다시 전화하겠습니다 .
i.sip.bun/hu/da.si/jo*n.hwa.ha.get.sseum.ni.da
20分後我會再打電話來。

긴급한 일입니다 .
gin.geu.pan/i.rim.ni.da
是很緊急的事。

언제쯤 돌아오실까요 ?
o*n.je.jjeum/do.ra.o.sil.ga.yo
他大概什麼會回來呢？

必學收藏句 - 接電話

실례지만 , 누구시죠 ?

sil.lye.ji.man//nu.gu.si.jyo

不好意思，您是哪位？

전화를 잘못 거셨어요 .

jo*n.hwa.reul/jjal.mot.go*.syo*.sso*.yo

您打錯電話了。

아무도 전화를 받지 않았어요 .

a.mu.do/jo*n.hwa.reul/bat.jji/a.na.sso*.yo

沒有人接電話。

전화 왔었다고 전해 드리겠어요 .

jo*n.hwa.wa.sso*t.da.go/jo*n.he*/deu.ri.ge.sso*.yo

我會告訴他你有打電話過來。

교환해 드리겠습니다 . 끊지 말고 기다리세요 .

gyo.hwan.he*/deu.ri.get.sseum.ni.da//geun.chi/mal.
go/gi.da.ri.se.yo

幫您轉接，請別掛斷電話，稍等一會。

전화 기다릴게요 .

jo*n.hwa/gi.da.ril.ge.yo

我等你的電話。

Unit04 逛街購物

싼 옷은 어디서 살 수 있나요？
ssan/o.seun/o*.di.so*/sal/ssu/in.na.yo
便宜的衣服在哪裡買呢？

情境會話一

A：심심한데 쇼핑하러 갈까요？
sim.sim.han.de/syo.ping.ha.ro*/gal.ga.yo
好無聊，我們去逛街好嗎？

B：어디로 쇼핑 가요？
o*.di.ro/syo.ping/ga.yo
去哪逛街呢？

A：청바지 하나 사고 싶은데 동대문이나 명동에 갑시다．
cho*ng.ba.ji/ha.na/sa.go/si.peun.de/dong.de*.mu.ni.
na/myo*ng.dong.e/gap.ssi.da
我想買一件牛仔褲，我們去東大門或明洞吧！

B：나한테 화장품 할인 쿠폰 있는데 그 화장품 가게는 명동에 있어요 .

na.han.te/hwa.jang.pum/ha.rin/ku.pon/in.neun.de/
geu/hwa.jang.pum/ga.ge.neun/myo*ng.dong.e/i.sso*.
yo

我有化妝品的折價卷，那間化妝品店在明洞。

A：그럼 명동에 가요 . 안동찜닭도 먹고 .

geu.ro*m/myo*ng.dong.e/ga.yo//an.dong.jjim.dak.do/
mo*k.go

那我們去明洞，也吃吃安東雞吧。

情境會話二

A：어서 오세요 . 뭘 찾으세요 ?

o*.so*/o.se.yo//mwol/cha.jeu.se.yo

歡迎光臨，您要找什麼呢？

B：그냥 좀 구경하고 있습니다 .

geu.nyang/jom/gu.gyo*ng.ha.go/it.sseum.ni.da

我逛逛而已。

A：네 , 신상품이 많이 나와 있습니다 . 천천히 구경하세요 .

ne//sin.sang.pu.mi/ma.ni/na.wa/it.sseum.ni.da//cho*n.
cho*n.hi/gu.gyo*ng.ha.se.yo

有很多新商品出來了，請慢慢看。

B：혹시 주름 스커트도 팝니까 ?
hok.ssi/ju.reum/seu.ko*.teu.do/pam.ni.ga
請問這裡有賣百摺裙嗎 ?

A：여기로 오세요 . 이런 걸 찾으십니까 ?
yo*.gi.ro/o.se.yo//i.ro*n/go*l/cha.jeu.sim.ni.ga
請來這裡，您要找的是這種嗎 ?

B：예 , 이게 바로 제가 찾던 거예요 .
ye//i.ge/ba.ro/je.ga/chat.do*n/go*.ye.yo
沒錯，這正是我要找的。

A：색상은 검은색하고 갈색이 있습니다 .
se*k.ssang.eun/go*.meun.se*.ka.go/gal.sse*.gi/
it.sseum.ni.da
顏色有黑色和褐色。

B：한 번 입어 볼게요 .
han/bo*n/i.bo*/bol.ge.yo
我穿穿看。

情境會話三

A：이 바지는 이거 하나밖에 없어요 .
i/ba.ji.neun/i.go*/ha.na.ba.ge/o*p.sso*.yo
這件褲子只有這件了。

B：그렇게 잘 팔려요？입어 봐도 되죠？
geu.ro*.ke/jal/pal.lyo*.yo/i.bo*/bwa.do/dwe.jyo
賣得那麼好？我可以試穿看看吧？

A：입어 보세요．탈의실이 거기 있습니다．
i.bo*/bo.se.yo//ta.rui.si.ri/go*.gi/it.sseum.ni.da
請穿穿看。更衣室在那裡。

B：저한테 잘 안 어울리는 것 같은데요．
jo*.han.te/jal/an/o*.ul.li.neun/go*t/ga.teun.de.yo
好像不太適合我。

A：제가 보기엔 잘 어울리는데요．싸게 드릴게
요．
a.nyo//geu.nyang/du.ge.sso*.yo//da.reun/ba.ji/jom/
do*/bol.ge.yo
我覺得很適合啊！會算您便宜一點。

B：아뇨．그냥 두겠어요．다른 바지 좀 더 볼게요．
a.nyo//geu.nyang/du.ge.sso*.yo//da.reun/ba.ji/jom/
do*/bol.ge.yo
不了，還是算了，我看看別件褲子。

A：천천히 골라 보세요．
cho*n.cho*n.hi/gol.la/bo.se.yo
請您慢慢挑。

情境會話四

A：마음에 드는데 조금 비싼 것 같아요 .
ma.eu.me/deu.neun.de/jo.geum/bi.ssan/go*t/ga.ta.yo
我很喜歡，可是好像有點貴。

B：지금은 빅 세일 기간이라서 모두 20% 할인됩
니다 .
ji.geu.meun/bik/se.il/gi.ga.ni.ra.so*/mo.du/i.sip.peu.ro/
ha.rin.dwem.ni.da
現在正在大特價全部打八折。

A：20% 할인이 돼도 비싸죠 .
i.sip.peu.ro/ha.ri.ni/dwe*.do/bi.ssa.jyo
打八折還是很貴。

B：이런 가격은 다른 데서 살 수 없는 가격입니
다 .
i.ro*n/ga.gyo*.geun/da.reun/de.so*/sal/ssu/o*m.neun/
ga.gyo*.gim.ni.da
這種價格是在別的地方買不到的價格。

A：그래요 ? 제가 잘 생각해 보고 다시 올게요 .
geu.re*.yo//je.ga/jal/sse*ng.ga.ke*/bo.go/da.si/ol.ge.
yo
是嗎？我想想再過來。

B : 세일 기간은 이번 주 일요일까지입니다 . 잘 생각해 보고 오세요 .

se.il/gi.ga.neun/i.bo*n/ju/i.ryo.il.ga.ji.im.ni.da//jal/
sse*ng.ga.ke*/bo.go/o.se.yo

打折期間只到這週日。您考慮考慮再過來。

A : 알겠습니다 . 감사합니다 .

al.get.sseum.ni.da//gam.sa.ham.ni.da

好的，謝謝您。

情境會話五

A : 실례지만 계산대는 어디예요 ?

sil.lye.ji.man/gye.san.de*.neun/o*.di.ye.yo

不好意思，請問結帳台在哪裡？

B : 일층에 있습니다 .

il.cheung.e/it.sseum.ni.da

在一樓。

A : 고맙습니다 .

go.map.sseum.ni.da

謝謝。

情境會話六

A：모두 얼마예요 ?
mo.du/o*l.ma.ye.yo
總共多少錢 ?

B：8 만 7 천 5 백원입니다 . 어떻게 지불하시겠
습니까 ?
pal.man/chil.cho*n/o.be*.gwo.nim.ni.da//o*.do*.ke/
ji.bul.ha.si.get.sseum.ni.ga
8萬7千5百韓圜。您要怎麼付款呢 ?

A：카드로 지불할게요 .
ka.deu.ro/ji.bul.hal.ge.yo
我要刷卡。

B：카드를 받았습니다 . 여기에 사인해 주세요 .
ka.deu.reul/ba.dat.sseum.ni.da//yo*.gi.e/sa.in.he*/
ju.se.yo
收您信用卡，請在這裡簽名。

會話練習區
替換單字或短句後跟著MP3念看看吧！

中文：百貨公司在哪裡呢？
韓語：백화점이 어디죠？
be*.kwa.jo*.mi/o*.di.jyo

替換詞

편의점이　便利商店
쇼핑몰이　購物中心
면세점이　免稅店
신발 가게가　鞋店
옷 가게가　服飾店

中文：我在找襯衫。
韓語：셔츠를 찾고 있습니다.
syo*.cheu.reul/chat.go.it.sseum.ni.da

替換詞

긴 치마를　長裙
모자를　帽子
넥타이를　領帶
수영복을　泳裝
롱부츠를　長筒靴

中文：這件褲子有其他顏色嗎？
韓語：이 바지는 다른 색이 있습니까？
i/ba.ji.neun/da.reun/se*.gi/it.sseum.ni.ga

替換詞

흰색　白色
검은색　黑色
노란색　黃色
녹색　綠色
빨간색　紅色

中文：這裡有賣墨鏡嗎？
韓語：여기 선글라스를 팝니까？
yo*.gi/so*n.geul.la.seu.reul/pam.ni.ga

替換詞

목걸이를　項鍊
머리띠를　髮箍
허리띠를　皮帶
장갑을　手套
배낭을　背包

中文：有什麼顏色呢？
韓語：무슨 색이 있습니까？
mu.seun/se*.gi/it.sseum.ni.ga

替換詞

일이　事情
의미가　意義
요리가　菜
질문이　問題
문제가　問題

中文：這件衣服太大了。
韓語：이 옷은 너무 커요.
i/o.seun/no*.mu/ko*.yo

替換詞

좀 작아요.　有點小。
너무 야해요.　太暴露了。
빨간색이 있어요？　有紅色嗎？
재고가 있어요？　還有貨嗎？
얼마예요？　多少錢呢？

會話練習區
替換單字或短句後跟著MP3念看看吧！

中文：有點貴耶！
韓語：좀 비싸네요.
jom/bi.ssa.ne.yo

替換詞

너무 비싸요. 太貴了。
좀 싸게 해 주세요. 請算便宜一點。
조금 깎아 주세요. 請算便宜一點。
할인해 주세요. 請幫我打折。
할인해 줄 수 있나요? 可以打折給我嗎？

中文：我付現金。
韓語：현금으로 지불하겠어요.
hyo*n.geu.meu.ro/ji.bul.ha.ge.sso*.yo

替換詞

신용카드로 지불하겠어요.
我要刷卡。
달러로 지불해도 되나요?
可以用美金付款嗎？
수표로도 지불할 수 있나요?
可以用支票付款嗎？

必學收藏句 - 選衣服

입어봐도 됩니까 ?
i.bo*.bwa.do/dwem.ni.ga
可以試穿嗎 ?

속옷을 사고 싶어요 .
so.go.seul/ssa.go/si.po*.yo
我想買內衣。

세탁하면 퇴색하지 않나요 ?
se.ta.ka.myo*n/twe.se*.ka.ji/an.na.yo
洗了不會退色嗎 ?

저기요 , 거울이 어디에 있어요 ?
jo*.gi.yo//go*.u.ri/o*.di.e/i.sso*.yo
請問鏡子在哪裡 ?

수선되나요 ?
su.so*n.dwe.na.yo
可以修改嗎 ?

더 큰 사이즈가 있나요 ?
do*/keun/sa.i.jeu.ga/in.na.yo
有再大一點的尺寸嗎 ?

必學收藏句 - 選鞋子

광고에 나왔던 그 운동화는 어디에 있어요 ?
gwang.go.e/na.wat.do*n/geu/un.dong.hwa.neun/
o*.di.e/i.sso*.yo
打廣告的那雙運動鞋在哪裡？

하이힐을 사려고 합니다 .
ha.i.hi.reul/ssa.ryo*.go/ham.ni.da
我想買高跟鞋。

이 신발로 275 사이즈 있어요 ?
i/sin.bal.lo/i.be*k.chil.si.bo.sa.i.jeu/i.sso*.yo
這雙鞋有275號嗎？

세일중인 신발들이 어떤 건가요 ?
se.il.jung.in/sin.bal.deu.ri/o*.do*n/go*n.ga.yo
特價中的鞋子是哪些呢？

신어봐도 돼요 ?
si.no*.bwa.do/dwe*.yo
可以試穿嗎？

이거 한 켤레 주세요 .
i.go*/han/kyo*l.le/ju.se.yo
我要買一雙這個。

必學收藏句 - 要求包裝

선물용으로 포장해 주세요 .
so*n.mu.ryong.eu.ro/po.jang.he*/ju.se.yo
我要送人，請幫我包裝。

종이 봉지 하나 더 주시겠습니까 ?
jong.i/bong.ji/ha.na/do*/ju.si.get.sseum.ni.ga
可以再給我一個紙袋嗎？

포장해 주시겠어요 ?
po.jang.he*/ju.si.ge.sso*.yo
可以幫我包裝嗎？

따로따로 포장해 주세요 .
da.ro.da.ro/po.jang.he*/ju.se.yo
請幫我分開包裝。

예쁘게 포장해 주세요 .
ye.beu.ge/po.jang.he*/ju.se.yo
請幫我包裝得漂亮一點。

포장 안 하셔도 됩니다 .
po.jang/an/ha.syo*.do/dwem.ni.da
您可以不用包裝。

必背私藏單字 - 服飾 & 鞋類

服飾	鞋類
옷 衣服 ot	신발 鞋子 sin.bal
와이셔츠 白襯衫 wa.i.syo*.cheu	구두 皮鞋 gu.du
티셔츠 T恤 ti.syo*.cheu	슬리퍼 拖鞋 seul.li.po*
스웨터 毛衣 seu.we.to*	샌들 涼鞋 se*n.deul
외투 外套 we.tu	부츠 靴子 bu.cheu
코트 大衣外套 ko.teu	롱부츠 長筒靴 rong.bu.cheu
바지 褲子 ba.ji	헝겊신 布鞋 ho*ng.go*p.ssin
치마 裙子 chi.ma	방한화 防寒靴 bang.han.hwa
팬티 內褲 pe*n.ti	하이힐 高跟鞋 ha.i.hil
브래지어 胸罩 beu.re*.ji.o*	로힐 低跟鞋 ro.hil

必背私藏單字 - 化妝品 & 飾品

化妝品	飾品
립스틱 口紅 rip.sseu.tik	반지 戒指 ban.ji
볼터치 腮紅 bol.to*.chi	목걸이 項鍊 mok.go*.ri
아이브로 펜슬 眉筆 a.i.beu.ro/pen.seul	귀걸이 耳環 gwi.go*.ri
아이섀도 眼影 a.i.sye*.do	넥타이핀 領帶夾 nek.ta.i.pin
립글로스 唇蜜 rip.geul.lo.seu	브로치 胸針 beu.ro.chi
콤팩트 粉餅 kom.pe*k.teu	뱅글 手鐲 be*ng.geul
파운데이션 粉底液 pa.un.de.i.syo*n	펜던트 鍊墜 pen.do*n.teu
인조눈썹 假睫毛 in.jo.nun.sso*p	팔찌 手鍊 pal.jji
아이라이너 眼線筆 a.i.ra.i.no*	발찌 腳鍊 bal.jji
마스카라 睫毛膏 ma.seu.ka.ra	액세서리 飾品 e*k.sse.so*.ri

Unit05 超市&市場

바나나는 한 다발에 얼마예요?
ba.na.na.neun/han/da.ba.re/o*l.ma.ye.yo
香蕉一串多少錢?

情境會話

A:사과는 답니까?
sa.gwa.neun/dam.ni.ga
蘋果甜嗎?

B:달죠. 몇 개 드릴까요?
dal.jjyo//myo*t/ge*/deu.ril.ga.yo
甜囉!您要幾顆?

A:다섯 개 주세요. 딸기 1 킬로그램에 얼마예요?
da.so*t/ge*/ju.se.yo//dal.gi/il.kil.lo.geu.re*.me/o*l.
ma.ye.yo
給我五顆,草莓一斤多少錢?

中文：蘋果一顆多少錢？
韓語：사과 한 개에 얼마예요？
sa.gwa/han/ge*.e/o*l.ma.ye.yo

替換詞

포도 한 봉지　葡萄一包
배 한 상자　梨子一箱
소주 한 병　燒酒一瓶
배추 한 포기　白菜一顆
짜장면 한 그릇　炸醬麵一碗

中文：有新鮮的羊肉嗎？
韓語：신선한 양고기 있습니까？
sin.so*n.han/yang.go.gi/it.sseum.ni.ga

替換詞

소고기　牛肉
닭고기　雞肉
돼지고기　豬肉
새우　蝦
생선　魚

必學收藏句 - 超市購物

참외를 사겠어요 .
cha.mwe.reul/ssa.ge.sso*.yo
我要買香瓜。

오이하고 토마토가 아주 싱싱해요 .
o.i.ha.go/to.ma.to.ga/a.ju/sing.sing.he*.yo
小黃瓜和番茄很新鮮。

이 돼지고기는 연해요 ?
i/dwe*.ji.go.gi.neun/yo*n.he*.yo
這豬肉嫩嗎?

버터와 마가린이 어디에 있어요 ?
bo*.to*.wa/ma.ga.ri.ni/o*.di.e/i.sso*.yo
奶油和植物奶油在哪裡?

유효기간이 언제까지예요 ?
yu.hyo.gi.ga.ni/o*n.je.ga.ji.ye.yo
請問有效期限到什麼時候?

쇼핑 카트가 어디에 있습니까 ?
syo.ping.ka.teu.ga/o*.di.e/it.sseum.ni.ga
請問購物車在哪裡?

必背私藏單字 - 蔬菜&水果

蔬菜	水果
오이 小黃瓜 o.i	감귤 蜜橘 gam.gyul
고추 辣椒 go.chu	오렌지 柳橙 o.ren.ji
피망 青椒 pi.mang	레몬 檸檬 re.mon
무 白蘿蔔 mu	복숭아 桃子 bok.ssung.a
양배추 高麗菜 yang.be*.chu	감 柿子 gam
호박 南瓜 ho.bak	멜론 哈密瓜 mel.lon
고구마 地瓜 go.gu.ma	키위 奇異果 ki.wi
당근 紅蘿蔔 dang.geun	파인애플 鳳梨 pa.i.ne*.peul
가지 茄子 ga.ji	앵두 櫻桃 e*ng.du
미나리 芹菜 mi.na.ri	수박 西瓜 su.bak

Unit06 三餐飲食

맛이 어때요 ?
ma.si/o*.de*.yo
味道怎麼樣 ?

情境會話一

A : 점심은 먹었어 ?
jo*m.si.meun/mo*.go*.sso*
你吃午餐了嗎 ?

B : 응 , 집에서 먹었어 .
eung//ji.be.so*/mo*.go*.sso*
恩,在家裡吃過了。

A : 요리할 줄도 알아 ?
yo.ri.hal/jjul.do/a.ra
你會煮飯 ?

B : 아니 , 엄마가 밥해 줬지 .
a.ni//o*m.ma.ga/ba.pe*/jwot.jji
不是,我媽煮給我吃囉!

A：요리는 진짜 못하는 거야？
yo.ri.neun/jin.jja/mo.ta.neun/go*.ya
你真的不會煮飯嗎？

B：응，요리해 본 적이 전혀 없어서．
eung//yo.ri.he*/bon/jo*.gi/jo*n.hyo*/o*p.sso*.so*
恩，我幾乎沒有煮過飯。

（情境會話二）

A：생일 축하해．
se*ng.il/chu.ka.he*
生日快樂。

B：고마워．근데 이 케이크는 왜 이렇게 못생겼
지？
go.ma.wo//geun.de/i/ke.i.keu.neun/we*/i.ro*.ke/mot.
sse*ng.gyo*t.jji
謝謝，可是這個蛋糕怎麼這麼難看？

A：하하，내가 직접 만든 케이크야．먹어봐．
ha.ha//ne*.ga/jik.jjo*p/man.deun/ke.i.keu.ya//mo*.go*.
bwa
哈哈，這是我親自做的蛋糕，你吃吃看。

B：응，못 생겼지만 정말 맛있어．
eung//mot/se*ng.gyo*t.jji.man/jo*ng.mal/ma.si.sso*
恩，雖然難看，但真的很好吃。

會話練習區
替換單字或短句後跟著MP3念看看吧！

中文： 你早餐吃了嗎？
韓語： 아침 먹었어요 ？
a.chim/mo*.go*.sso*.yo

替換詞

점심　午餐
저녁　晚餐
야식　消夜
과일　水果
디저트　飯後甜點

中文： 早上我吃了三明治。
韓語： 아침에 샌드위치를 먹었어요 .
a.chi.me/se*n.deu.wi.chi.reul/mo*.go*.sso*.yo

替換詞

햄버거를　漢堡
김밥을　紫菜飯捲
빵을　麵包
토스트를　烤土司
왕만두를　包子

必學收藏句 - 一天三餐

저녁 뭘 먹을까요 ?
jo*.nyo*k/mwol/mo*.geul.ga.yo
晚餐我們吃什麼呢 ?

점심 뭐 먹었어요 ?
jo*m.sim/mwo/mo*.go*.sso*.yo
你中午吃了什麼 ?

식사하셨어요 ?
sik.ssa.ha.syo*.sso*.yo
你吃過飯了嗎 ?

오늘 저녁은 내가 만들어 줄게요 .
o.neul/jjo*.nyo*.geun/ne*.ga/man.deu.ro*/jul.ge.yo
今天的晚餐我煮給你吃。

점심은 보통 회사 식당에서 먹어요 .
jo*m.si.meun/bo.tong/hwe.sa/sik.dang.e.so*/mo*.go*.
yo
午餐一般都是在公司餐廳吃的。

저녁 식사는 친구랑 같이 피자집에서 먹었어요 .
jo*.nyo*k/sik.ssa.neun/chin.gu.rang/ga.chi/pi.ja.ji.be.
so*/mo*.go*.sso*.yo
跟朋友在披薩店吃過晚餐了。

必背私藏單字 - 正餐 & 甜點

正餐	甜點
전골요리 火鍋 jo*n.go.ryo.ri	푸딩 布丁 pu.ding
우동 烏龍麵 u.dong	젤리 果凍 jel.li
볶음밥 炒飯 bo.geum.bap	판나코타 奶酪 pan.na.ko.ta
김치덮밥 炒泡菜蓋飯 gim.chi.do*p.bap	아이스크림 冰淇淋 a.i.seu.keu.rim
피자 披薩 pi.ja	아이스바 冰棒 a.i.seu.ba
스테이크 牛排 seu.te.i.keu	무스케이크 慕斯蛋糕 mu.seu.ke.i.keu
스파게티 義大利麵 seu.pa.ge.ti	치즈케이크 起司蛋糕 chi.jeu.ke.i.keu
라멘 日式拉麵 ra.men	와플 鬆餅 wa.peul
돈까스 炸豬排飯 don.ga.seu	크레이프 可麗餅 keu.re.i.peu
오므라이스 蛋包飯 o.meu.ra.i.seu	풀빵 鯛魚燒 pul.bang

Unit07 在外用餐

지금 주문해도 되나요 ?
ji.geum/ju.mun.he*.do/dwe.na.yo
我們現在可以點菜嗎？

情境會話一

A : 냉장고에 재료가 없으니까 우리 나가서 먹자 .
ne*ng.jang.go.e/je*.ryo.ga/o*p.sseu.ni.ga/u.ri/na.ga.
so*/mo*k.jja
冰箱沒有食材了，我們出去吃吧！

B : 좋지 . 불고기집에 갈까 ?
jo.chi/bul.go.gi.ji.be/gal.ga
好啊！去烤肉店好嗎？

A : 오늘 느끼한 음식 먹고 싶지 않아 .
o.neul/neu.gi.han/eum.sik/mo*k.go/sip.jji/a.na
我今天不想吃油膩的食物。

B : 그럼 우리 냉면 같은 걸 먹자 .
geu.ro*m/u.ri/ne*ng.myo*n/ga.teun/go*l/mo*k.jja
那我們去吃冷麵之類的好了。

A：집 근처에 새 한식집이 생겼는데 거기로 가자.
a//jip/geun.cho*.e/se*/han.sik.jji.bi/se*ng.gyo*n.neun.
de/go*.gi.ro/ga.ja
家裡附近有新開一家韓式料理店，我們去那裡吃吧。

情境會話二

A：메뉴 주시겠어요?
me.nyu/ju.si.ge.sso*.yo
可以給我菜單嗎？

B：여기 있습니다.
yo*.gi/it.sseum.ni.da
在這裡。

A：여기 뭐가 제일 맛있어요?
yo*.gi/mwo.ga/je.il/ma.si.sso*.yo
這裡什麼最好吃呢？

B：우리 집 감자탕이 유명합니다.
u.ri/jip/gam.ja.tang.i/yu.myo*ng.ham.ni.da
我們店裡的馬鈴薯豬骨湯很有名。

A：그럼 감자탕으로 주세요.
geu.ro*m/gam.ja.tang.eu.ro/ju.se.yo
那請給我馬鈴薯豬骨湯。

會話練習區
替換單字或短句後跟著MP3念看看吧！

中文：請給我泡菜鍋。
韓語：김치찌개로 주세요.
gim.chi.jji.ge*.ro/ju.se.yo

替換詞

이걸로　這個
알밥으로　魚卵拌飯
순두부찌개로　嫩豆腐鍋
갈비탕으로　排骨湯
설렁탕으로　牛骨湯

中文：請不要煮得太辣。
韓語：너무 맵지 않게 해 주세요.
no*.mu/me*p.jji/an.ke/he*/ju.se.yo

替換詞

짜지 않게　太鹹
달지 않게　太甜
싱겁지 않게　太清淡
시지 않게　太酸
쓰지 않게　太苦

中文： 我要吃拌飯。
韓語： 나는 비빔밥을 먹을래요.
na.neun bi.bim.ba.beul mo*.geul.le*.yo

替換詞

불고기를 烤肉
삼계탕을 蔘雞湯
김치볶음밥을 泡菜炒飯
부대찌개를 部隊鍋
매운탕을 辣魚湯

中文： 請不要加蒜。
韓語： 마늘을 넣지 마세요.
ma.neu.reul no*.chi ma.se.yo

替換詞

파를 蔥
양파를 洋蔥
고추를 辣椒
토마토를 番茄
깻잎을 芝麻葉

必學收藏句 - 點餐

치킨 한 마리 주세요 .
chi.kin/han/ma.ri/ju.se.yo
請給我一隻炸雞。

저도 같은 것으로 하겠습니다 .
jo*.do/ga.teun/go*.seu.ro/ha.get.sseum.ni.da
我也要一樣的餐點。

주문을 바꿔도 되겠습니까 ?
ju.mu.neul/ba.gwo.do/dwe.get.sseum.ni.ga
可以更改餐點嗎？

짜장면 일인분과 탕수육 부탁 드립니다 .
jja.jang.myo*n/i.rin.bun.gwa/tang.su.yuk/bu.tak/deu.
rim.ni.da
請給我一人份的炸醬麵和糖醋肉。

그걸로 하겠습니다 .
geu.go*l.lo/ha.get.sseum.ni.da
請給我那個。

샌드위치 하나 주세요 .
se*n.deu.wi.chi/ha.na/ju.se.yo
請給我一個三明治。

必背私藏單字 - 料理&餐具

料理	餐具
칼국수 **刀切麵** kal.guk.ssu	컵 **杯子** ko*p
떡국 **年糕湯** do*k.guk	젓가락 **筷子** jo*t.ga.rak
비빔냉면 **涼拌冷麵** bi.bim.ne*ng.myo*n	숟가락 **湯匙** sut.ga.rak
파전 **蔥餅** pa.jo*n	포크 **叉子** po.keu
한정식 **韓定食** han.jo*ng.sik	칼 **刀** kal
돌솥비빔밥 **石鍋拌飯** dol.sot.bi.bim.bap	접시 **盤子** jo*p.ssi
떡볶이 **辣炒年糕** do*k.bo.gi	그릇 **器皿、碗盤** geu.reut
해물탕 **辣海鮮湯** he*.mul.tang	이쑤시개 **牙籤** i.ssu.si.ge*
해장국 **醒酒湯** he*.jang.guk	냅킨 **餐巾** ne*p.kin
보쌈 **菜包白切肉** bo.ssam	물병 **水瓶** mul.byo*ng

Unit08 喝酒

술 한 잔 하시죠 ?
sul/han/jan/ha.si.jyo
喝杯酒如何？

情境會話

A：오늘 회식 하자 . 내가 쏠게 .
o.neul/hwe.sik/ha.ja//ne*.ga/ssol.ge
我們今天聚餐吧！我請客。

B：부장님 , 정말 고마워요 .
bu.jang.nim//jo*ng.mal/go.ma.wo.yo
部長，真的很謝謝你。

A：회식은 어디서 할까요 ?
hwe.si.geun/o*.di.so*/hal.ga.yo
我們在哪聚餐呢？

B：불고기 집에서 합시다 .
bul.go.gi/ji.be.so*/hap.ssi.da
在烤肉店聚餐吧！

中文：我不喝酒。
韓語：나는 술 안 마셔요 .
na.neun/sul/an/ma.syo*.yo

替換詞

술 못 마셔요 .　不能喝酒。
술 잘 못 마셔요 .　不太會喝酒。
술 잘 마셔요 .　很會喝酒。
술 마실 줄 몰라요 .　不會喝酒。
술 마실 줄 알아요 .　會喝酒。

中文：我點了米酒。
韓語：막걸리를 시켰어요 .
mak.go*l.li.reul/ssi.kyo*.sso*.yo

替換詞

소주를　燒酒
맥주를　啤酒
칵테일을　雞尾酒
일본 청주를　日本清酒
술 안주를　下酒菜

必學收藏句 - 喝酒

어떤 술을 좋아하세요 ?
o*.do*n/su.reul/jjo.a.ha.se.yo
你喜歡喝什麼酒？

알코올이 없는 음료가 있어요 ?
al.ko.o.ri/o*m.neun/eum.nyo.ga/i.sso*.yo
有沒有酒精的飲料嗎？

술을 좀 마셨어요 .
su.reul/jjom/ma.syo*.sso*.yo
我喝了點酒。

소주 한 병하고 컵 두 개 주세요 .
so.ju/han/byo*ng.ha.go/ko*p/du/ge*/ju.se.yo
請給我一瓶燒酒兩個杯子。

토할 것 같아요 .
to.hal/go*t/ga.ta.yo
好像要吐了。

자 , 모두들 건배합시다 .
ja//mo.du.deul/go*n.be*.hap.ssi.da
來，大家一起乾杯。

必背私藏單字 - 酒類 & 居酒屋

酒類	喝酒之處
맥주 啤酒 me*k.jju	술집 居酒屋 sul.jip
소주 燒酒 so.ju	바 酒吧 ba
와인 紅酒 wa.in	나이트클럽 夜店 na.i.teu.keul.lo*p
양주 洋酒 yang.ju	포장마차 路邊攤 po.jang.ma.cha
샴페인 香檳 syam.pe.in	치킨집 炸雞店 chi.kin.jip
청주 清酒 cho*ng.ju	파전집 蔥餅店 pa.jo*n.jip
흑맥주 黑啤酒 heung.me*k.jju	불고기집 烤肉店 bul.go.gi.jip
생맥주 生啤酒 se*ng.me*k.jju	생선회집 生魚片店 se*ng.so*n.hwe.jip
인삼주 人蔘酒 in.sam.ju	회식자리 聚餐場合 hwe.sik.jja.ri
보드카 伏特加 bo.deu.ka	술자리 喝酒場合 sul.ja.ri

Unit09 咖啡廳

나는 커피를 좋아해요 .
na.neun/ko*.pi.reul/jjo.a.he*.yo
我喜歡喝咖啡。

情境會話一

A : 많이 걸어서 다리가 아픈데 좀 쉴까요 ?
ma.ni/go*.ro*.so*/da.ri.ga/a.peun.de/jom/swil.ga.yo
走太多路腿很酸，要不要休息一下？

B : 그럼 저 커피숍에서 커피 한 잔 마시자 .
geu.ro*m/jo*/ko*.pi.syo.be.so*/ko*.pi/han/jan/ma.si.ja
那我們在那間咖啡廳喝杯咖啡吧！

情境會話二

A : 뭘 마실래 ?
mwol/ma.sil.le*
你要喝什麼？

B : 아이스 카페라떼를 마실래 .
a.i.seu/ka.pe.ra.de.reul/ma.sil.le*
我要喝冰咖啡拿鐵。

A：오케이 . 내가 사 줄게 .

o.ke.i//ne*.ga/sa/jul.ge

OK，我買給你喝。

情境會話三

A：아메리카노 한 잔 주세요 .

a.me.ri.ka.no/han/jan/ju.se.yo

請給我一杯美式咖啡。

B：뜨거운 거 드릴까요 ?

deu.go*.un/go*/deu.ril.ga.yo

您要熱的嗎？

A：아니요 . 아이스 아메리카노로 주세요 .

a.ni.yo//a.i.seu/a.me.ri.ka.no.ro/ju.se.yo

不，請給我冰的美式咖啡。

A：여기 센드위치도 있어요 ?

yo*.gi/sen.deu.wi.chi.do/i.sso*.yo

這裡也有賣三明治嗎？

B：클럽 센드위치하고 참치 센드위치가 있습니다 .

keul.lo*p/sen.deu.wi.chi.ha.go/cham.chi/sen.deu.wi.chi.ga/it.sseum.ni.da

有總匯三明治和鮪魚三明治 。

中文：我想喝熱牛奶。
韓語：나는 따뜻한 우유를 마시고 싶어요．

na.neun/da.deu.tan/u.yu.reul/ma.si.go/si.po*.yo

替換詞

물을　水
옥수수차를　玉米茶
유자차를　柚子茶
핫초코를　熱巧克力
요쿠르트를　養樂多

中文：請給我一個紅豆刨冰。
韓語：팥빙수 하나 주세요．

pat.bing.su/ha.na/ju.se.yo

替換詞

그린티 라떼　綠茶拿提
아이스커피　冰咖啡
딸기 주스　草莓果汁
고구마파이　地瓜派
치킨랩　雞肉捲

必背私藏單字 - 咖啡 & 其他飲品

咖啡	其他飲品
카푸치노 **卡布奇諾** ka.pu.chi.no	아이스티 **冰茶** a.i.seu.ti
아메리카노 **美式咖啡** a.me.ri.ka.no	녹차 **綠茶** nok.cha
카페라떼 **咖啡那堤** ka.pe.ra.de	홍차 **紅茶** hong.cha
카라멜마끼아또 **焦糖瑪奇朵** ka.ra.mel.ma.gi.a.do	쟈스민차 **茉莉花茶** jya.seu.min.cha
카페 모카 **摩卡** ka.pe/mo.ka	우롱차 **烏龍茶** u.rong.cha
카라멜모카 **焦糖摩卡** ka.ra.mel.mo.ka	주스 **果汁** ju.seu
에스프레소 **濃縮咖啡** e.seu.peu.re.so	밀크티 **奶茶** mil.keu.ti
핫초코 **熱咖啡** hat.cho.ko	딸기 슬러시 **草莓冰沙** dal.gi/seul.lo*.si
바닐라 라떼 **香草那堤** ba.nil.la/ra.de	율무차 **薏米茶** yul.mu.cha
헤이즐넛 라떼 **榛果那堤** he.i.jeul.lo*t/ra.de	생강차 **生薑茶** se*ng.gang.cha

Unit10 郵局

이 엽서를 부치고 싶은데요 .
i/yo*p.sso*.reul/bu.chi.go/si.peun.de.yo
我要寄這張明信片。

情境會話一

A : 이 소포를 대만으로 부치고 싶은데요 .
i/so.po.reul/de*.ma.neu.ro/bu.chi.go/si.peun.de.yo
我想將這個包裹寄到台灣。

B : 항공편으로 부쳐 드릴까요 ?
hang.gong.pyo*.neu.ro/bu.cho*/deu.ril.ga.yo
幫您用空運寄嗎?

A : 안 급한 것들입니다 . 배편으로 부치고 싶어
요 .
an/geu.pan/go*t.deu.rim.ni.da//be*.pyo*.neu.ro/
bu.chi.go/si.po*.yo
這些是不急的物品,我想用船運寄。

B：안에 뭐가 들어 있습니까？
a.ne/mwo.ga/deu.ro*/it.sseum.ni.ga
裡面裝什麼呢？

A：책들하고 옷들입니다.
che*k.deul.ha.go/ot.deu.rim.ni.da
是書籍和衣服。

情境會話二

A：여기 두 상자가 있습니다. 대만으로 보내 주
세요.
yo*.gi/du/sang.ja.ga/it.sseum.ni.da//de*.ma.neu.ro/
bo.ne*/ju.se.yo
這裡有兩個箱子，請幫我寄到台灣。

B：어떻게 보내 드릴까요？
o*.do*.ke/bo.ne*/deu.ril.ga.yo
怎麼幫您寄呢？

A：제일 빠른 방식이 뭐예요？
je.il/ba.reun/bang.si.gi/mwo.ye.yo
最快的方式是什麼呢？

B：항공편으로 보내는 게 제일 빠릅니다 . 빠른
데 비용은 비쌉니다 .

hang.gong.pyo*.neu.ro/bo.ne*.neun/ge/je.il/ba.reum.
ni.da//ba.reun.de/bi.yong.eun/bi.ssam.ni.da

用空運寄最快，雖然快但是費用貴。

A：괜찮아요 . 제일 빠른 방식으로 해 주세요 .

gwe*n.cha.na.yo//je.il/ba.reun/bang.si.geu.ro/he*/
ju.se.yo

沒關係，請幫我用最快的方式寄出。

情境會話三

A：대만까지 며칠정도 걸립니까 ?

de*.man.ga.ji/myo*.chil.jo*ng.do/go*l.lim.ni.ga

寄到台灣要多久？

B：삼일정도 걸릴 겁니다 .

sa.mil.jo*ng.do/go*l.lil/go*m.ni.da

大概要花三天左右。

會話練習區
替換單字或短句後跟著MP3念看看吧！

中文：請用掛號**寄出。**
韓語：등기 우편으로 **보내 주세요 .**
deung.gi/u.pyo*.neu.ro/bo.ne*/ju.se.yo

替換詞

일반 우편으로　一般郵件
배편으로　船運
항공편으로　空運
팩스로　傳真
국제 특급 우편으로　國際快捷

中文：大約要花一週**左右。**
韓語：약 일주일 **정도 걸릴 겁니다 .**
yak/il.ju.il/jo*ng.do/go*l.lil/go*m.ni.da

替換詞

4, 5 일　四五天
사주　四週
한 달　一個月
5 시간　五個小時
1 시간 20 분　一個小時二十分

必學收藏句 - 郵局

가장 가까운 우체국이 어디입니까 ?
ga.jang/ga.ga.un/u.che.gu.gi/o*.di.im.ni.ga
最近的郵局在哪裡？

우체통은 어디에 있습니까 ?
u.che.tong.eun/o*.di.e/it.sseum.ni.ga
請問郵筒在哪裡？

빠른 우편으로 보내려고 하는데요 .
ba.reun/u.pyo*.neu.ro/bo.ne*.ryo*.go/ha.neun.de.yo
我要寄快件。

국제우편 창구는 어디입니까 ?
guk.jje.u.pyo*n/chang.gu.neun/o*.di.im.ni.ga
國際郵件的窗口在哪裡？

기념 우표를 사고 싶습니다 .
gi.nyo*m/u.pyo.reul/ssa.go/sip.sseum.ni.da
我想買紀念郵票。

어떤 방법으로 보내는 것이 제일 쌉니까 ?
o*.do*n/bang.bo*.beu.ro/bo.ne*.neun/go*.si/je.il/
ssam.ni.ga
用什麼方法寄最便宜呢？

Unit11 銀行

돈을 좀 찾고 싶어요.
do.neul/jjom/chat.go/si.po*.yo
我想領錢。

情境會話一

A:뭘 도와 드릴까요?
mwol/do.wa/deu.ril.ga.yo
能幫您什麼忙?

B:계좌에 돈을 입금하려고 하는데요.
gye.jwa.e/do.neul/ip.geum.ha.ryo*.go/ha.neun.de.yo
我要把錢存入戶頭。

A:통장을 가지고 오셨나요?
tong.jang.eul/ga.ji.go/o.syo*n.na.yo
您有帶存摺來嗎?

B:네,여기 있어요.
ne//yo*.gi/i.sso*.yo
有,在這裡。

A : 얼마나 입금하시려고요 ?

o*l.ma.na/ip.geum.ha.si.ryo*.go.yo

您要存多少呢？

B : 80 만원이요 .

pal.ssim.ma.nwo.ni.yo

80萬韓幣。

情境會話二

A : 달러를 한국돈으로 바꾸고 싶은데 오늘 환율이 어떻게 돼요 ?

dal.lo*.reul/han.guk.do.neu.ro/ba.gu.go/si.peun.de/
o.neul/hwa.nyu.ri/o*.do*.ke/dwe*.yo

我想把美金換成韓幣，今天匯率是多少？

B : 1 달러에 1050 원입니다 .

il.dal.lo*.e/cho*.no.si.bwo.nim.ni.da

1美金對1050圜韓幣。

A : 여기 500 달러 있습니다 . 한국돈으로 바꿔주세요 .

yo*.gi/o.be*k.dal.lo*/it.sseum.ni.da//han.guk.do.neu.
ro/ba.gwo/ju.se.yo

這裡是500美金，請幫我換成韓幣。

B：다 5 만원짜리로 바꿔 드릴까요 ?

da/o.ma.nwon.jja.ri.ro/ba.gwo/deu.ril.ga.yo

都幫您換成5萬韓幣的紙鈔嗎？

A：네 , 그렇게 해 주세요 .

ne//geu.ro*.ke/he*/ju.se.yo

對，請那樣幫我換。

B：여기 52 만 5 천원입니다 . 확인해 보세요 .

yo*.gi/o.si.bi.man/o.cho*.nwo.nim.ni.da//hwa.gin.he*/
bo.se.yo

這裡是52萬5千韓圜，您確認一下。

A：고맙습니다 .

go.map.sseum.ni.da

謝謝。

中文：請幫我把這個換成韓幣。
韓語：이걸 한국돈으로 환전해 주세요 .
i.go*l/han.guk.do.neu.ro/hwan.jo*n.he*/ju.se.yo

替換詞

달러로　美金
엔화로　日幣
인민페로　人民幣
대만돈으로　台幣
홍콩 달러로　港幣

中文：我想領錢。
韓語：돈을 찾고 싶은데요 .
do.neul/chat.go/si.peun.de.yo

替換詞

돈을 바꾸고 싶은데요 .　我想換錢。
예금을 하고 싶은데요 .　我想存款。
우표를 사고 싶은데요 .　我想買郵票。
대출을 하고 싶은데요 .　我想貸款。
송금을 하고 싶은데요 .　我想匯錢。

必學收藏句 - 銀行1

통장 안에 돈을 다 찾아 주세요 .
tong.jang/a.ne/do.neul/da/cha.ja/ju.se.yo
請幫我把存簿裡的錢都領出來。

수수료를 내야 돼요 ?
su.su.ryo.reul/ne*.ya/dwe*.yo
要付手續費嗎？

카드 분실을 신고하려고 합니다 .
ka.deu/bun.si.reul/ssin.go.ha.ryo*.go/ham.ni.da
我要申請信用卡掛失。

인감하고 신분증을 안 가져 왔습니다 .
in.gam.ha.go/sin.bun.jeung.eul/an/ga.jo*/wat.sseum.
ni.da
我沒帶印章和身分證。

이 수표를 현금으로 바꿀 수 있을까요 ?
i/su.pyo.reul/hyo*n.geu.meu.ro/ba.gul/su/i.sseul.
ga.yo
這張支票可以換成現金嗎？

계좌를 개설하고 싶은데요 .
gye.jwa.reul/ge*.so*l.ha.go/si.peun.de.yo
我想開戶。

必學收藏句 - 銀行2

현금 카드도 만들어 주세요 .
hyo*n.geum/ka.deu.do/man.deu.ro*/ju.se.yo
請幫我辦現金卡。

비밀번호는 잊어버렸습니다 .
bi.mil.bo*n.ho.neun/i.jo*.bo*.ryo*t.sseum.ni.da
我忘記密碼了。

여기서 돈을 바꿀 수 있습니까 ?
yo*.gi.so*/do.neul/ba.gul/su/it.sseum.ni.ga
這裡可以換錢嗎？

여기에다 도장을 좀 찍어 주세요 .
yo*.gi.e.da/do.jang.eul/jjom/jji.go*/ju.se.yo
請在這裡蓋上印章。

신용카드도 만들고 싶습니다 .
si.nyong.ka.deu.do/man.deul.go/sip.sseum.ni.da
我也想申請信用卡。

송금 수수료는 얼마입니까 ?
song.geum/su.su.ryo.neun/o*l.ma.im.ni.ga
匯款手續費是多少錢？

必背私藏單字 - 銀行 & 貨幣

銀行	貨幣
은행 銀行 eun.he*ng	환전소 換錢所 hwan.jo*n.so
은행원 銀行職員 eun.he*ng.won	한화 韓幣 han.hwa
현금인출기 提款機 hyo*n.geu.min.chul.gi	대만달러 新台幣 de*.man.dal.lo*
계좌 帳戶 gye.jwa	대만돈 台幣 de*.man.don
이자 利息 i.ja	인민폐 人民幣 in.min.pye
통장 存折 tong.jang	엔화 日幣 en.hwa
수표 支票 su.pyo	달러 美元 dal.lo*
주식 股票 ju.sik	환율 匯率 hwa.nyul
어음 票據 o*.eum	지폐 舊鈔 ji.pye
은행 창구 銀行窗口 eun.he*ng/chang.gu	동전 硬幣 dong.jo*n

Unit12 美髮院

너무 짧게 자르지 마세요 .
no*.mu/jjap.ge/ja.reu.ji/ma.se.yo
請不要剪得太短。

情境會話一

A：요즘 더워서 머리카락을 자르고 싶어요 .
yo.jeum/do*.wo.so*/mo*.ri.ka.ra.geul/jja.reu.go/si.po*.
yo
最近天氣熱，我想剪頭髮。

B：어떻게 잘라 드릴까요 ?
o*.do*.ke/jal.la/deu.ril.ga.yo
要怎麼幫您剪呢？

A：이 사진대로 잘라 주시겠어요 ?
i/sa.jin.de*.ro/jal.la/ju.si.ge.sso*.yo
可以照著這張照片幫我剪嗎？

B：네 , 먼저 머리를 감겨 드리겠습니다 . 이쪽으로 오세요 .

ne//mo*n.jo*/mo*.ri.reul/gam.gyo*/deu.ri.get.sseum.ni.da//i.jjo.geu.ro/o.se.yo

好的，先幫您洗頭，請過來這裡。

情境會話二

A：머리 스타일 바꿨어 ?

mo*.ri/seu.ta.il/ba.gwo.sso*

你換髮型了？

B：응 , 머리카락 길이가 많이 짧아졌지 ? 어때 ?

eung//mo*.ri.ka.rak/gi.ri.ga/ma.ni/jjal.ba.jo*t.jji//o*.de*

恩，頭髮變很短吧？怎麼樣？

A：이렇게 머리를 자르니까 진짜 더 어려 보여 .

i.ro*.ke/mo*.ri.reul/jja.reu.ni.ga/jin.jja/do*/o*.ryo*/bo.yo*

這樣子剪短後，真的看起來更年輕了。

B：그렇지 ? 나도 이런 머리 스타일이 좋아 .

geu.ro*.chi//na.do/i.ro*n/mo*.ri/seu.ta.i.ri/jo.a

是吧？我也喜歡這種髮型。

A：상큼해 보이기도 하고 .

sang.keum.he*/bo.i.gi.do/ha.go

也看起來很清爽。

會話練習區
替換單字或短句後跟著MP3念看看吧！

中文：請幫我吹乾頭髮。
韓語：머리를 말려 주세요.
mo*.ri.reul/mal.lyo*/ju.se.yo

替換詞

머리를 잘라 주세요.　請幫我剪髮。
머리를 염색해 주세요　請幫我染髮。
머리를 감겨 주세요.　請幫我洗髮。
파마를 해 주세요　請幫我燙髮。
앞머리를 손질해 주세요.　請幫我修瀏海。

中文：什麼樣的髮型適合我？
韓語：어떤 스타일의 머리가 나한테 어울릴까요？
o*.do*n/seu.ta.i.rui/mo*.ri.ga/na.han.te/o*.ul.lil.ga.yo

替換詞

파마 머리　捲髮
염색 머리　染髮
긴 머리　長髮
짧은 머리　短髮
스포츠 머리　七分頭

必學收藏句 - 在美髮院

어떤 머리로 하시겠어요 ?
o*.do*n/mo*.ri.ro/ha.si.ge.sso*.yo
您要用什麼樣的髮型呢？

요즘 어떤 머리가 유행인가요 ?
yo.jeum/o*.do*n/mo*.ri.ga/yu.he*ng.in.ga.yo
最近哪種髮型流行呢？

갈색으로 염색해 주세요 .
gal.sse*.geu.ro/yo*m.se*.ke*/ju.se.yo
請幫我染褐色。

층을 좀 내 주세요 .
cheung.eul/jjom/ne*/ju.se.yo
請幫我打層次。

스트레이트 파마로 해 주세요 .
seu.teu.re.i.teu/pa.ma.ro/he*/ju.se.yo
請幫我燙成直髮。

거울로 뒷모습을 보여 주세요 .
go*.ul.lo/dwin.mo.seu.beul/bo.yo*/ju.se.yo
請拿鏡子給我看後面的樣子。

必學收藏句 - 美髮用語

머리 스타일이 좀 바뀌었는데 어때요?
mo*.ri/seu.ta.i.ri/jom/ba.gwi.o*n.neun.de/o*.de*.yo
我換髮型了，怎麼樣？

오늘 집에 가면 머리를 감지 마세요.
o.neul/jji.be/ga.myo*n/mo*.ri.reul/gam.ji/ma.se.yo
今天回家後，請不要洗頭。

머리를 감은 후에 빗으로 머리를 빗지 마세요.
mo*.ri.reul/ga.meun/hu.e/bi.seu.ro/mo*.ri.reul/bit.jji/
ma.se.yo
洗完頭後，請不要用梳子梳頭髮。

머리 감을 때마다 린스 꼭 사용하시나요?
mo*.ri/ga.meul/de*.ma.da/rin.seu/gok/sa.yong.ha.si.
na.yo
您洗頭時都一定會用潤髮乳嗎？

머리결 많이 상하면 파마가 안 되나요?
mo*.ri.gyo*l/ma.ni/sang.ha.myo*n/pa.ma.ga/an/dwe.
na.yo
髮質如果損傷很嚴重，就不可以燙髮嗎？

必背私藏單字 - 髮型 & 美髮用品

髮型	美髮用品
장발 長髮 jang.bal	헤어젤 髮膠 he.o*.jel
단발 短髮 dan.bal	헤어리퀴드 整髮液 he.o*.ri.kwi.deu
긴 머리 長髮 gin/mo*.ri	헤어스프레이 頭髮噴霧 he.o*.seu.peu.re.i
짧은 머리 短髮 jjal.beun/mo*.ri	헤어무스 造型慕絲 he.o*.mu.seu
생머리 直髮 se*ng.mo*.ri	미용가위 美髮剪刀 mi.yong.ga.wi
곱슬머리 捲髮 gop.sseul.mo*.ri	헤어염색약 染髮劑 he.o*.yo*m.se*.gyak
파마머리 燙捲髮 pa.ma.mo*.ri	가발 假髮 ga.bal
대머리 光頭 de*.mo*.ri	샴푸 洗髮精 syam.pu
스포츠머리 七分頭 seu.po.cheu.mo*.ri	린스 潤髮乳 rin.seu
군인머리 軍人頭 gu.nin.mo*.ri	컨디셔너 護髮乳 ko*n.di.syo*.no*

Unit13 化妝&打扮

나는 화장하기가 좋아요 .
na.neun/hwa.jang.ha.gi.ga/jo.a.yo
我喜歡化妝。

情境會話一

A：민정 씨 , 안녕하세요 . 오늘 화장을 했어요 ?
min.jo*ng/ssi//an.nyo*ng.ha.se.yo//o.neul/hwa.jang.
eul/he*.sso*.yo
敏靜，你好。你今天化妝了嗎？

B：네 , 화장 좀 했어요 . 그렇게 티 나요 ?
ne//hwa.jang/jom/he*.sso*.yo//geu.ro*.ke/ti/na.yo
對阿，畫了點妝，那麼明顯嗎？

A：남자친구를 만나러 갈 거예요 ?
nam.ja.chin.gu.reul/man.na.ro*/gal/go*.ye.yo
你是要去見男朋友嗎？

B：아니요 . 그냥 기분 전환하려고 화장 좀 했어
요 .

a.ni.yo//geu.nyang/gi.bun/jo*n.hwan.ha.ryo*.go/hwa.
jang/jom/he*.sso*.yo

不是啦！只是想換個心情，所以畫了妝。

A：그렇군요 .
geu.ro*.ku.nyo
這樣啊！

情境會話二

A：이 립스틱은 어느 브랜드야 ? 색이 좋네 .
i/rip.sseu.ti.geun/o*.neu/beu.re*n.deu.ya//se*.gi/jon.
ne

這個口紅是什麼牌子啊？顏色很不錯耶！

B：브랜드는 라네즈야 .
beu.re*n.deu.neun/ra.ne.jeu.ya
品牌是 Lane i ge。

A：내가 한 번 발라 봐도 돼 ?
ne*.ga/han/bo*n/bal.la/bwa.do/dwe*
我可以擦擦看嗎？

B：응 , 발라 봐 . 나도 이 색이 너무 좋아 .
eung//bal.la/bwa//na.do/i/se*.gi/no*.mu/jo.a
恩，你擦看看吧。我也很喜歡這個顏色。

情境會話三

A：오빠 오늘 양복 입었네 . 완전 멋있다 !
o.ba/o.neul/yang.bok/i.bo*n.ne//wan.jo*n/mo*.sit.da
哥，你今天穿西裝耶！超帥的！

B：그래 . 말이라도 고마워 .
geu.re*//ma.ri.ra.do/go.ma.wo
是啊！就算只是説説也謝謝囉！

A：아니야 , 진짜 멋있어 . 어디 가려고 ?
a.ni.ya//jin.jja/mo*.si.sso*//o*.di/ga.ryo*.go
不，真的很帥！你要去哪裡？

B：친구 결혼식에 갈 거야 .
chin.gu/gyo*l.hon.si.ge/gal/go*.ya
去朋友的結婚典禮。

中文：我喜歡穿西裝的男生。
韓語：양복을 입은 남자가 좋아요.
yang.bo.geul/i.beun/nam.ja.ga/jo.a.yo

替換詞

모자를 쓴 남자　戴帽子的男生
넥타이를 맨 남자　系領帶的男生
구두를 신은 남자　穿皮鞋的男生
화장 안 한 여자　不化妝的女生
스커트를 입은 여자　穿裙子的女生

中文：我一般都穿牛仔褲出門。
韓語：보통 청바지를 입고 다녀요
bo.tong/cho*ng.ba.ji.reul/ip.go/da.nyo*.yo

替換詞

면바지를　棉褲
짧은 치마를　短裙
티셔츠를　T恤
정장을　正式服裝
교복을　校服

必學收藏句 - 化妝打扮

나는 화장할 줄 몰라요 .
na.neun/hwa.jang.hal/jjul/mol.la.yo
我不會化妝。

화장 잘 해요 ?
hwa.jang/jal/he*.yo
你很會化妝嗎？

저녁에 친구 생일 파티 있어서 화장 하려고요 .
jo*.nyo*.ge/chin.gu/se*ng.il/pa.ti/i.sso*.so*/hwa.jang/
ha.ryo*.go.yo
晚上有朋友的生日派對，我想化妝。

다리가 짧아서 바지가 안 어울려요 .
da.ri.ga/jjal.ba.so*/ba.ji.ga/an/o*.ul.lyo*.yo
因為腿短，不適合穿褲子。

다리가 길고 예쁘니까 스커트를 입으세요 .
da.ri.ga/gil.go/ye.beu.ni.ga/seu.ko*.teu.reul/i.beu.
se.yo
你腿長又漂亮，穿裙子吧。

면접 볼 때 정장 입어야 하나요 ?
myo*n.jo*p/bol/de*/jo*ng.jang/i.bo*.ya/ha.na.yo
面試時，應該要穿正式的套裝嗎？

Unit14 交通

이 버스는 시내에 갑니까 ?
i/bo*.seu.neun/si.ne*.e/gam.ni.ga
這公車會到市區嗎?

情境會話一

A : 실례지만 동대문에 가려고 하는데 어느 버스를 타야 되나요 ?
sil.lye.ji.man/dong.de*.mu.ne/ga.ryo*.go/ha.neun.de/o*.neu/bo*.seu.reul/ta.ya/dwe.na.yo
不好意思,我想去東大門,應該搭哪一輛公車呢?

B : 저 버스 보이시죠 ? 저것 타면 동대문에 가요 .
jo*/bo*.seu/bo.i.si.jyo//jo*.go*t/ta.myo*n/dong.de*.mu.ne/ga.yo
有看到那台公車吧?搭那台會到東大門。

A : 알려 줘서 감사합니다 .
al.lyo*/jwo.so*/gam.sa.ham.ni.da
謝謝你告訴我。

B：아니에요.

a.ni.e.yo

不會。

情境會話二

A：어디로 가세요?

o*.di.ro/ga.se.yo

您要去哪呢？

B：신촌까지 가 주세요.

sin.chon.ga.ji/ga/ju.se.yo

請帶我到新村。

A：네, 출발하겠습니다.

ne//chul.bal.ha.get.sseum.ni.da

好，出發了。

B：거기까지 시간이 얼마나 걸리죠?

go*.gi.ga.ji/si.ga.ni/o*l.ma.na/go*l.li.jyo

到那裡要花多少時間呢？

A：40 분정도 걸릴 겁니다.

sa.sip.bun.jo*ng.do/go*l.lil/go*m.ni.da

要花40分鐘左右。

會話練習區
替換單字或短句後跟著MP3念看看吧！

中文：**請載我到**明洞。
韓語：명동으로 **가 주세요 .**

myo*ng.dong.eu.ro/ga/ju.se.yo

替換詞

대학로로　大學路
인사동으로　仁寺洞
청담동으로　清潭洞
남대문 시장으로　南大門市場
동대문 시장으로　東大門市場

中文：**請在**下一個紅綠燈附近**停車。**
韓語：다음 신호등 근처**에서 세워 주세요 .**

da.eum/sin.ho.deung/geun.cho*.e.so*/se.wo/ju.se.yo

替換詞

여기　這裡
학교 앞　學校前面
일번 출구　一號出口
저 모퉁이　那個轉角
그 기차역 앞　那個火車站前面

會話練習區
替換單字或短句後跟著MP3念看看吧！

中文：我們搭地鐵去吧。
韓語：지하철을 타고 갑시다.
ji.ha.cho*.reul/ta.go/gap.ssi.da

替換詞

택시를　計程車
버스를　公車
기차를　火車
배를　船
비행기를　飛機

- -

中文：火車站在哪個方向？
韓語：기차역은 어느 쪽입니까？
gi.cha.yo*.geun/o*.neu/jjo.gim.ni.ga

替換詞

명동성당은　明洞聖堂
고려대학교는　高麗大學
5번 출구는　五號出口
문방구 매장은　文具賣場
미술관으로 가는 길은　去美術館的路

必學收藏句 - 公車

버스 정류장은 어디입니까 ?
bo*.seu/jo*ng.nyu.jang.eun/o*.di.im.ni.ga
公車站牌在哪裡？

다음 정류장은 어디입니까 ?
da.eum/jo*ng.nyu.jang.eun/o*.di.im.ni.ga
下一站是哪裡？

이곳에 강남으로 가는 버스가 있어요 ?
i.go.se/gang.na.meu.ro/ga.neun/bo*.seu.ga/i.sso*.yo
這裡有開往江南的公車嗎？

이 버스는 김포공항 쪽으로 가나요 ?
i/bo*.seu.neun/gim.po.gong.hang/jjo.geu.ro/ga.na.yo
這台公車會開往金浦機場的方向嗎？

다음 버스는 언제 떠납니까 ?
da.eum/bo*.seu.neun/o*n.je/do*.nam.ni.ga
下一台公車什麼時候出發呢？

어디서 내려야 하는지 알려 주세요 .
o*.di.so*/ne*.ryo*.ya/ha.neun.ji/al.lyo*/ju.se.yo
請告訴我我該在哪裡下車。

必學收藏句 - 計程車

인천 공항까지 부탁합니다 .
in.cho*n/gong.hang.ga.ji/bu.ta.kam.ni.da
我要去仁川機場。

이 주소로 데려다 주시겠어요 ?
i/ju.so.ro/de.ryo*.da/ju.si.ge.sso*.yo
請帶我到這個住址。

트렁크 좀 열어 주세요 .
teu.ro*ng.keu/jom/yo*.ro*/ju.se.yo
請打開後車廂。

좀 빨리 가 주시겠습니까 ?
jom/bal.li/ga/ju.si.get.sseum.ni.ga
可以開快一點嗎 ?

택시를 못 잡겠어요 .
te*k.ssi.reul/mot/jap.ge.sso*.yo
我攔不到計程車。

거기까지 요금이 대충 얼마정도 나와요 ?
go*.gi.ga.ji/yo.geu.mi/de*.chung/o*l.ma.jo*ng.do/
na.wa.yo
到那裡費用大概是多少 ?

必學收藏句 - 地鐵

여의도까지 가는데 몇 호선을 타야 해요 ?
yo*.ui.do.ga.ji/ga.neun.de/myo*t/ho.so*.neul/ta.ya/
he*.yo
我要去汝矣島，應該搭幾號線呢？

지하철 역까지 어떻게 가나요 ?
ji.ha.cho*l/yo*k.ga.ji/o*.do*.ke/ga.na.yo
地鐵站要怎麼去？

제가 어느 역에서 갈아타야 합니까 ?
je.ga/o*.neu/yo*.ge.so*/gal.a.ta.ya/ham.ni.ga
那我該在那一站轉車呢？

지하철 일번 출구로 나가세요 .
ji.ha.cho*l/il.bo*n/chul.gu.ro/na.ga.se.yo
請從地鐵一號出口出去。

박물관으로 나가는 출구는 어디인가요 ?
bang.mul.gwa.neu.ro/na.ga.neun/chul.gu.neun/o*.di.
in.ga.yo
往博物館方向的出口在哪裡？

지하철 노선도를 주십시오 .
ji.ha.cho*l/no.so*n.do.reul/jju.sip.ssi.o
請給我地鐵路線圖。

必學收藏句 - 開車

여기에 주차해도 되나요 ?
yo*.gi.e/ju.cha.he*.do/dwe.na.yo
可以在這裡停車嗎 ?

여기가 어딘지 아세요 ?
yo*.gi.ga/o*.din.ji/a.se.yo
你知道這裡是哪裡嗎 ?

기름이 다 떨어졌어요 . 주유소가 어디에 있지요 ?
gi.reu.mi/da/do*.ro*.jo*.sso*.yo//ju.yu.so.ga/o*.di.e/
it.jji.yo
沒油了，加油站在哪呢 ?

시동이 걸리지 않아요 .
si.dong.i/go*l.li.ji/a.na.yo
車子發不動。

교통사고를 당했어요 .
gyo.tong.sa.go.reul/dang.he*.sso*.yo
出車禍了。

길이 막혔어요 .
gi.ri/ma.kyo*.sso*.yo
塞車了。

Unit15 問路

길을 좀 물어 봐도 될까요?
gi.reul/jjom/mu.ro*/bwa.do/dwel.ga.yo
我可以問個路嗎?

情境會話一

A：은행을 찾고 있는데 이 근처에 은행이 있어요?

eun.he*ng.eul/chat.go/in.neun.de/i/geun.cho*.e/eun.
he*ng.i/i.sso*.yo

我在找銀行,這附近有銀行嗎?

B：저 사거리까지 가셔서 왼쪽으로 돌면 은행이 있어요.

jo*/sa.go*.ri.ga.ji/ga.syo*.so*/wen.jjo.geu.ro/dol.
myo*n/eun.he*ng.i/i.sso*.yo

你先走到那個十字路口,然後左轉就是銀行了。

A：멀지는 않네요. 고맙습니다.

mo*l.ji.neun/an.ne.yo//go.map.sseum.ni.da

不遠呢!謝謝你。

B：아니에요.

a.ni.e.yo

不客氣。

情境會話二

A：실례지만 에뛰드 하우스 매장에 어떻게 가는
지 아세요 ?

sil.lye.ji.man/e.dwi.deu/ha.u.seu/me*.jang.e/o*.do*.
ke/ga.neun.ji/a.se.yo

不好意思，請問ETUDE HOUSE賣場怎麼去呢？

B：에뛰드 하우스 매장은 여기서 아주 가까워요 .

e.dwi.deu/ha.u.seu/me*.jang.eun/yo*.gi.so*/a.ju/
ga.ga.wo.yo

ETUDE HOUSE賣場離這裡很近。

A：걸어서 갈 수 있죠 ?

go*.ro*.so*/gal/ssu/it.jjyo

走路可以到囉？

會話練習區
替換單字或短句後跟著MP3念看看吧！

中文：這條路是去水族館的路，沒錯嗎？
韓語：이 길이 수족관으로 가는 길 맞아요？
i/gi.ri/su.jok.gwa.neu.ro/ga.neun/gil/ma.ja.yo

替換詞

종묘로　宗廟
한옥마을로　韓屋村
청와대로　青瓦台
롯데월드로　樂天世界
압구정으로　狎鷗亭

中文：可以告訴我怎麼去動物園嗎？
韓語：동물원으로 가는 길을 알려 주시겠어요？
dong.mu.rwo.neu.ro/ga.neun/gi.reul/al.lyo*/ju.si.
ge.sso*.yo

替換詞

경희궁　慶熙宮
박물관　博物館
남산공원　南山公園
63 빌딩　63 大廈
세종문화회관　世宗文化會館

會話練習區
替換單字或短句後跟著MP3念看看吧！

中文：請問樂天飯店在哪裡？
韓語：롯데 호텔이 어디에 있어요？
rot.de/ho.te.ri/o*.di.e/i.sso*.yo

替換詞

경복궁이　景福宮
청계천이　淸溪川
남산공원이　南山公園
서울타워가　首爾塔
한강이　漢江

中文：請在那裡向右轉。
韓語：거기서 오른쪽으로 가세요.
go*.gi.so*/o.reun.jjo.geu.ro/ga.se.yo

替換詞

왼쪽으로 가세요.　左轉
오른쪽으로 도세요.　右轉
왼쪽으로 도세요.　左轉
좌회전하세요.　左轉
우회전하세요.　右轉

必學收藏句 - 問路1

제가 지금 있는 곳이 어디입니까 ?
je.ga/ji.geum/in.neun/go.si/o*.di.im.ni.ga
我現在的位置在哪裡 ?

더 빠른 길은 없나요 ?
do*/ba.reun/gi.reun/o*m.na.yo
沒有更快一點的路嗎 ?

우체국을 찾고 있습니다 .
u.che.gu.geul/chat.go/it.sseum.ni.da
我在找郵局。

찾기 쉬운가요 ?
chat.gi/swi.un.ga.yo
很容易找嗎 ?

여기서 아주 먼가요 ?
yo*.gi.so*/a.ju/mo*n.ga.yo
離這裡很遠嗎 ?

버스로 거기까지 갈 수 있습니까 ?
bo*.seu.ro/go*.gi.ga.ji/gal/ssu/it.sseum.ni.ga
可以搭公車到那裡嗎 ?

必學收藏句 - 問路2

똑바로 가세요 .
dok.ba.ro/ga.se.yo
請直走。

신호등까지 쭉 직진하세요 .
sin.ho.deung.ga.ji/jjuk/jik.jjin.ha.se.yo
請一直直走到紅綠燈那裡。

이 길을 따라 계속 가면 지하철 역이 나와요 .
i/gi.reul/da.ra/gye.sok/ga.myo*n/ji.ha.cho*l/yo*.gi/
na.wa.yo
延著這條路一直走，會看到地鐵站。

병원 맞은편에 있어요 .
byo*ng.won/ma.jeun.pyo*.ne/i.sso*.yo
在醫院對面。

거기까지 걸어서 15 분 정도 걸려요 .
go*.gi.ga.ji/go*.ro*.so*/si.bo.bun/jo*ng.do/go*l.lyo*.yo
走路到那裡大約要花15分鐘左右。

지하 이층으로 내려 가세요 .
ji.ha/i.cheung.eu.ro/ne*.ryo*/ga.se.yo
請往地下二樓走下去。

Unit16 邀約朋友

제 생일 파티에 오실래요 ?
je/se*ng.il/pa.ti.e/o.sil.le*.yo
你要來我的生日派對嗎？

情境會話一

A : 이번 일요일에 친구들이랑 바베큐를 하기로
했는데 너도 올래 ?
i.bo*n/i.ryo.i.re/chin.gu.deu.ri.rang/ba.be.kyu.reul/
ha.gi.ro/he*n.neun.de/no*.do/ol.le*
這週日我跟朋友約好要烤肉，你要不要也來？

B : 나 가도 돼 ?
na/ga.do/dwe*
我可以去嗎？

A : 당연하지 . 놀러 와 .
dang.yo*n.ha.ji//nol.lo*/wa
當然囉，來玩吧！

B : 재미있겠다 . 꼭 갈게 .
je*.mi.it.get.da//gok/gal.ge
應該很好玩，我一定會去。

情境會話二

A : 내일 시간이 있어요 ?
ne*.il/si.ga.ni/i.sso*.yo
你明天有時間嗎？

B : 내일 회사 쉬는 날이에요 . 시간 있어요 .
ne*.il/hwe.sa/swi.neun/na.ri.e.yo//si.gan/i.sso*.yo
明天是公司休息的日子，我有時間。

A : 난 서울에 이사 왔어요 . 우리 집에 놀러 올래
요 ?
nan/so*.u.re/i.sa.wa.sso*.yo//u.ri/ji.be/nol.lo*/ol.le*.yo
我搬家到首爾了，你要來我家玩嗎？

B : 진짜요 ? 서울 어디로 이사 갔는데요 ?
jin.jja.yo//so*.ul/o*.di.ro/i.sa/gan.neun.de.yo
真的嗎？你搬到首爾哪裡呢？

A : 홍대 근처예요 . 내일 집들이 할 거니까 세영
씨도 와요 .
hong.de*/geun.cho*.ye.yo//ne*.il/jip.deu.ri/hal/go*.
ni.ga/se.yo*ng/ssi.do/wa.yo
弘大附近。明天我要辦喬遷請客，世英你也來吧。

會話練習區
替換單字或短句後跟著MP3念看看吧！

中文：請喝茶。
韓語：차 드세요．
cha/deu.se.yo

替換詞

과자 드세요． 請吃點心。
식기 전에 드세요． 請趁熱吃。
많이 드세요． 請多吃一點。
맛있게 드세요． 請好好享用。
마음껏 드세요． 請盡情享用。

中文：我要咖啡。
韓語：저는 커피 주세요．
jo*.neun/ko*.pi/ju.se.yo

替換詞

물 水
녹차 綠茶
홍차 紅茶
주스 果汁
콜라 可樂

必學收藏句 - 拜訪朋友

술을 대접하고 싶습니다 .
su.reul/de*.jo*.pa.go/sip.sseum.ni.da
我想請你喝酒。

기꺼이 방문하겠습니다 .
gi.go*.i/bang.mun.ha.get.sseum.ni.da
我很樂意去拜訪您。

괜찮아요 . 다음에 또 초대할게요 .
gwe*n.cha.na.yo//da.eu.me/do/cho.de*.hal.ge.yo
沒關係，我下次再邀請你。

절 초대해 주서서 감사합니다 .
jo*l/cho.de*.he*/ju.syo*.so*/gam.sa.ham.ni.da
謝謝你的邀請。

사양하지 마시고 더 드십시오 .
sa.yang.ha.ji/ma.si.go/do*/deu.sip.ssi.o
不要客氣，多吃一點。

조심히 가세요 . 시간이 있으면 또 놀러 오세요 .
jo.sim.hi/ga.se.yo//si.ga.ni/i.sseu.myo*n/do/nol.lo*/
o.se.yo
小心慢走，有時間再來玩喔！

Unit17 開心、快樂

오늘 기분 짱이야!
o.neul/gi.bun/jjang.i.ya
今天心情太棒了!

情境會話

A : 무슨 일이길래 그렇게 기분이 좋아?
mu.seun/i.ri.gil.le*/geu.ro*.ke/gi.bu.ni/jo.a
什麼事心情那麼好?

B : 나 드디어 취직을 했어.
na/deu.di.o*/chwi.ji.geul/he*.sso*
我終於找到工作了。

A : 진짜? 축하해.
jin.jja//chu.ka.he*
真的嗎?恭喜你。

必學收藏句 - 心情好

정말 좋은 소식이네요 !
jo*ng.mal/jjo.eun/so.si.gi.ne.yo
真的是好消息啊 !

오늘 난 너무 기뻐 !
o.neul/nan/no*.mu/gi.bo*
今天我太高興了 !

이게 꿈은 아니죠 ?
i.ge/gu.meun/a.ni.jyo
這不是作夢吧 ?

나는 너무 행복해요 .
na.neun/no*.mu/he*ng.bo.ke*.yo
我太幸福了。

정말이야 ? 믿어지지 않아 !
jo*ng.ma.ri.ya//mi.do*.ji.ji/a.na
真的嗎 ? 不敢相信 !

너무 기뻐서 무슨 말을 해야 할지 모르겠어 .
no*.mu/gi.bo*.so*/mu.seun/ma.reul/he*.ya/hal.jji/
mo.reu.ge.sso*
高興到不知道該説什麼話了。

永續圖書
線上購物網

www.foreverbooks.com.tw

◆ 加入會員即享活動及會員折扣。

◆ 每月均有優惠活動，期期不同。

◆ 新加入會員三天內訂購書籍不限本數金額，
   即贈送精選書籍一本。（依網站標示為主）

專業圖書發行、書局經銷、圖書出版

永續圖書總代理：
五觀藝術出版社、培育文化、棋茵出版社、達觀出版社、
可道書坊、白橡文化、大拓文化、譔品文化、雅典文化、
知音人文化、手藝家出版社、瑰珅文化、智學堂文化、語
言鳥文化

活動期內，永續圖書將保留變更或終止該活動之權利及最終決定權。

國家圖書館出版品預行編目資料

私藏韓語會話學習書 / 雅典韓研所企編. -- 初版.
-- 新北市 : 雅典文化, 民103.03
面 ; 公分. -- (全民學韓語 ; 17)
ISBN 978-986-5753-07-8(平裝附光碟片)
1. 韓語 2. 會話
803.288   103002123

全民學韓語系列 17

私藏韓語會話學習書

編著／雅典韓研所
責編／呂欣穎
美術編輯／林子凌
封面設計／劉逸芹

法律顧問：方圓法律事務所／涂成樞律師

總經銷：永續圖書有限公司
永續圖書 線上購物網
www.foreverbooks.com.tw

CVS代理／美璟文化有限公司
TEL：（02）2723-9968
FAX：（02）2723-9668

出版日／2014年03月

 雅典文化

出版社
22103　新北市汐止區大同路三段194號9樓之1
TEL　（02）8647-3663
FAX　（02）8647-3660

私藏韓語會話學習書

雅致風靡　典藏文化

親愛的顧客您好，感謝您購買這本書。即日起，填寫讀者回函卡寄回至本公司，我們每月將抽出一百名回函讀者，寄出精美禮物並享有生日當月購書優惠！想知道更多更即時的消息，歡迎加入"永續圖書粉絲團"您也可以選擇傳真、掃描或用本公司準備的免郵回函寄回，謝謝。

傳真電話：（02）8647-3660　　　　電子信箱：yungjiuh@ms45.hinet.net

姓名：		性別：	□男　□女
出生日期：　年　月　日		電話：	
學歷：		職業：	
E-mail：			
地址：□□□			
從何處購買此書：		購買金額：	元
購買本書動機：□封面 □書名 □排版 □內容 □作者 □偶然衝動			
你對本書的意見： 內容：□滿意□尚可□待改進　編輯：□滿意□尚可□待改進 封面：□滿意□尚可□待改進　定價：□滿意□尚可□待改進			
其他建議：			

總經銷：永續圖書有限公司

永續圖書線上購物網
www.foreverbooks.com.tw

您可以使用以下方式將回函寄回。

您的回覆，是我們進步的最大動力，謝謝。

① 使用本公司準備的免郵回函寄回。

② 傳真電話：（02）8647-3660

③ 掃描圖檔寄到電子信箱：

yungjiuh@ms45.hinet.net

沿此線對折後寄回，謝謝。

廣 告 回 信

基隆郵局登記證

基隆廣字第056號

221-03

雅典文化事業有限公司　收

新北市汐止區大同路三段194號9樓之1

雅致風靡　典藏文化